闇探偵～Careless Whisper～

愁堂れな

幻冬舎ルチル文庫

C O N T E N T S

✦目次✦

闇探偵～Careless Whisper～

✦カバーデザイン＝chiaki-k(コガモデザイン)
✦ブックデザイン＝まるか工房

イラスト・陸裕千景子✦

闇探偵～Careless Whisper～

1

「や……っ……あっ……あぁ……っ」

ギシギシとベッドの軋《きし》む音。やたらといやらしい喘《あえ》ぎ声。下肢同士がぶつかり合うときに鳴るパンパンという高い響き。汗と精液の匂《にお》いがこもる濃密な空気の中、それらの音が同時に響き渡り、空間そのものをより濃密にしていく。

「もう……っ……あぁ……っ……もうっ……もう……っ……アーッ」

既に俺《おれ》の声はガラガラに嗄《か》れてしまっていた。時間を計ってるわけじゃないけど、今までに二回達していることを思うと、早二時間は喘ぎ続けているような気がする。

二十一歳と一応若くはあるし、体力だって人に劣ると感じたことはなかったけれど、ダブルスコア——まではいかないが、三十三歳の慶太《けいた》の絶倫っぷりには正直ついていかれない。

「なんだミオ、降参か？」

頭の上から降ってくる慶太の声は少しも嗄れちゃいないし、息だってまったく乱れてもいない。律動のスピードも落ちちゃいないどころか上がっているくらいで、どれだけ体力あるんだと呆《あき》れずにはいられない。

馬鹿《ばか》、と悪態をつこうといつしか閉じていた目を開く。途端に慶太の男臭い端整な顔が視界に飛び込んできて、悔しいと思いつつもついぼうっと見惚《みと》れてしまった。

生粋《きっすい》の日本人だと本人は言っているけれど、イタリア人と言われたほうがまだ信じられる。濃い眉《まゆ》。垂れ目がちの黒い瞳《ひとみ》の周りに長い睫《まつげ》が密集して生えている。高い鼻梁《びりょう》。厚い唇。俳優やモデルにだって、こうも容姿の整った、しかもフェロモン全開の男はそうそういないだろう。

秋山《あきやま》慶太。俺の恋人。絶倫すぎてときどきついていかれなくなるけれど、共に過ごす日々を重ねるごとに愛しさが増す俺の恋人。その思いのままに両手を伸ばした俺の上で、慶太はくす、と笑いを漏《も》らすと、抱き締めたいと願う気持ちを察してくれたらしく前屈《まえかが》みになり、逞《たくま》しい彼の背を与えてくれた。

「あっ……あぁ……っ……あっあっあーっ」

その背に両手両脚でしがみつき、望みどおりぎゅっと抱き締める。喘ぎすぎて息苦しさすら覚えていたが、行為をやめたいとは少しも思わなかった。

ずっとずっと抱き合っていたい。朦朧《もうろう》としてきてしまった意識の中、ふと、このままことされたら幸福の絶頂のうちに死ねるのか、という、我ながら危ない思考が頭を掠《かす》めた。

「大丈夫か？　ミオ」

本気で考えたわけじゃないのに、慶太にはすぐ悟られてしまったようだ。どうして慶太は俺が考えていることを一〇〇パーセント、いや、一二〇パーセント察することができるんだろう。

違うよ。言葉の綾《あや》だよと首を横に振った俺を見下ろし慶太は安堵《あんど》したようにふっと笑うと、抱えていた片脚を離したその手を二人の腹の間に差し入れ、勃ちきり先走りの液を滴《したた》らせていた俺の雄を握って一気に扱《しご》き上げてくれた。

「アーッ」

昂《たか》まりに昂まりまくっていたところに与えられた直接的な刺激には耐えられるわけもなく、俺は今日三度目の絶頂を迎え、一段と高く啼《な》いた。

慶太の手の中に白濁した液を放ったと同時に、自身の奥に、ずしりとした精液の重さを感じる。

「…………慶太……」

いつも俺は慶太に、イクときは一緒がいい、とねだっている。体力的に差があるのでいつも一緒というわけにはいかないけれど、その日の行為の最後には必ず慶太は俺の『一緒がいい』という希望を叶《かな》えてくれた。

「ありがと……」

礼を言い、唇を突き出す俺の上でまた、慶太がくす、と笑う。

「礼を言いたいのはコッチだ」

そう告げ、俺の呼吸を妨げないよう、細かいキスを唇に、額に、鼻に、頬《ほお》に、数え切れな

いくらいに落としてくれる。

ああ、幸せだ——こんなに幸せでいいんだろうか。慶太と暮らし始めてから毎日俺はそう実感し、決してこの幸せな日々を終わらせまい、と心に誓う。

幸せすぎて怖い、なんていう大昔のドラマの台詞《せりふ》だか歌詞だかがあったと思うが、子供の頃《ころ》それを聞いても俺はなんで幸せが怖いのか、まるで理解できなかった。

でも今ならわかる。幸せが怖いんじゃない。この幸せを失うことが怖いのだ。

決して失いたくないものを手にしてしまった者だけが理解できる『幸せすぎて怖い』という気持ち。まさかそんな気持ちを自分が抱《いだ》く日が来ようとは。

今までいい加減に生きてきたことへの反省と、これから先は慶太の役に少しでも立てるような男になりたいという決意を胸に、慶太の背を両手両脚でしっかりと抱き締める。

「煽《あお》るなよ、一応、我慢してんだぜ？」

慶太が苦笑し、背に腕を回して俺の手脚を解こうとする。まだし足りないってことだろう。本当にもう、怪物だ。呆れながらも俺は、したいならするといいという思いを込め、尚《なお》も強い力で彼の背を抱き締めたのだった。

秋山慶太と俺、ミオこと望月君雄《もちづききみお》との出会いは今から三ヶ月ほど前に遡《さかのぼ》る。

俺がある男を殺そうとしていたところに偶然慶太が通りかかるという、非常にドラマチックな出会いではあったが、実はそれはすべて、計画されたものだった。

当時俺は同棲《どうせい》中の恋人に『脅迫されて困っている』と騙《だま》され、彼を救うには脅迫相手を殺すしかないと思い詰めていた。そんな俺を心配し、父親が慶太に助けてやってほしいと依頼したのだ。俺の父は大手といっていい会社のオーナー社長で、俺が恋人だと思っていた男は父から金を引き出そうとしていたケチな野郎だった。

慶太によって危機を脱した俺は家に戻った――が、慶太にどうしようもなく惹《ひ》かれたため、彼の役に立ちたいと今度は家出ではなく親父《おやじ》の承諾を得た上で、慶太の事務所に押しかけた。

最初のうちは慶太は自分の『仕事』について俺に明かそうとしなかったが、いろいろあった結果二人の間に隠し事はなくなり、慶太の裏の仕事もぼちぼち手伝うようになった、というのが現状である。

慶太の裏の仕事――表の仕事は便利屋だが、裏では『仕返し屋』という、法に抵触するかしないかというギリギリの仕事を彼は請け負っている。

『仕返し屋』といってもピンとこないだろうから説明すると、テレビドラマの『必殺仕事人』みたいなものだ。晴らせぬ恨みを晴らす、その手伝いをするというのが慶太の仕事で、依頼人との橋渡しは馴染《なじ》みのゲイバーのマスターがしてくれている。

下手《へた》したら警察に捕まることもあるからという理由で慶太は俺に、仕事を手伝わせることをあまりしたがらない。でも俺は慶太の役に立ちたい。捕まるときは一緒、一蓮托生《いちれんたくしょう》でいこうという俺と、休学扱いになっている大学に戻ってまずは卒業しろという慶太との意見の相違はいつまでも合致を見ず、日々、そのことで俺たちは言い争っていた。

今朝もまた、『そのこと』は朝食の席で話題に上った。

「ミオ、大学、戻れよ」

前夜の行為が激しすぎて俺は爆睡していたというのに、慶太は六時から起き出し、いつものように新宿御苑周辺をジョギングしてきたあとに、これまたいつものように朝食まで作ってくれた。

家事は一応、俺が担当することになっているだけに、罪悪感を覚えていたこともあり、俺はいつものように『ヤダ』ですますことを躊躇《ためら》った。

「……大学はもう、いいよ」

拒絶の仕方が甘かったからか、慶太がいつも以上に突っ込んでくる。

「よくはない。何事も経験だ。大学は学ぼうと思えば学べる場所だぞ。逆を言えば、大学以上に学問に適した場所はないんだ。せっかく学ぶチャンスが目の前に開けているんだから、それを生かすべきだと、俺は思うよ」

「………俺、勉強嫌いなんだ」

慶太の言うことはよくわかる。でも、俺には大学で学びたいことはないのだった。もともと、勉強は本当に嫌いなのだ。大学は学びの場だとは認識してはいても、通っているときには楽をすることしか考えていなかった。

それじゃマトモな大人にはなれない。頭ではわかっているけど興味がないものは仕方がない。何より今、俺がしたいのは慶太の役に立つことだ。即戦力。目指すのはそれなので勉強している時間が惜しい。

今まで何度もそれを慶太に主張してきた。そのたびに慶太が返す答えもまた決まっていた。

『人生、長い目で見ないとな』

きっと今日もまた言われるのだろう。予想できたので先回りをすることにした。

「俺、馬鹿なんだよ。だから勉強とかほんとに興味ないんだ。慶太には理解できないかもしれないけど、小学校のときから勉強は苦手だったしさ。だからもう、大学には行かなくてもいいかなって思ってる。興味ないこと、やる必要はない気がしてさ」

「…………」

慶太が何か言いたげな顔で俺を見る。

『それは違うと思うぞ』

今まで何度となく交わしてきたやり取りがまた、この場で行われるのだろうか。無意味なんだけどなあ。心の中で俺が溜《た》め息をついたそのとき、慶太の携帯の着信音が室内に響いた。

「こんな時間にどうした？」

ディスプレイを見てすぐ応対に出た慶太が、ちらと俺を見る。

「……わかった。すぐ行くわ」

会話は数言だった。慶太は即座に電話を切ると席を立った。

「悪い、ミオ。ちょっと出かける」

「どこに？」

慶太は着信音を人によって変えている。今のは裏の仕事の窓口であるミトモからの着信に違いなかった。教えられたわけじゃないけど聞いてりゃわかる。答えありきで問うたというのに、慶太は誤魔化そうとした。

「いや、ちょっと」

「『three friends』でしょ。俺も行く」

「お前は留守番」

やれやれ、というように溜め息を漏らすと、慶太が手を伸ばし、向かいに座る俺の頭をぽんと撫《な》でる。

「やだ。行く」

「ダメだ」

「行く」

慶太が『ダメ』と言えば言うほど意地になった。

「行くったら行く！」

断られようがついていくまで。そう考えていたのが通じたのか、慶太は心底、呆れたような顔になったあとに、

「なら仕度しろ」

短く告げ、抑えた溜め息を漏らした。

「………」

呆れているだけじゃなく、少し怒っている。年齢差のせいもあるんだろうが、心の広い慶太は滅多に俺を怒ることをしない。家事があまり得意じゃない俺の作ったメシが物凄《ものすご》く不味《まず》いときも笑顔で平らげてくれるし、洗い物の際、慶太が何年も使っておりの思い入れもありそうだったマグカップを割っちゃったときにも、まずは俺が怪我《けが》していないか心配してくれた。

俺も敢えて慶太を怒らせるようなことはしないので、例としてはそんなことくらいしか思いつかないのだけれど、今、彼が確実に怒りを覚えているのを感じた。

ヤバい。嫌われたらどうしよう。急に心配になり、慶太の顔色を窺《うかが》う。

「仕度しろって言っただろ？」

視線に気づいた慶太がそう言い捨て、ふいと横を向く。本格的に機嫌を損ねたとわかったが、だからといって『やっぱり家にいる』という言葉が俺の口から出ることはなかった。

自分で言うのもなんだけど、俺は滅法勘が良いのだ。今、俺の勘は慶太についていけと告げていた。

世の中には『知らない方がよかった』こともあるってくらいは、勿論《もちろん》俺だって知っている。でも同時にその『知らない』ことがあとから判明したとき、どれほどやりきれない思いを抱くかということもまた、俺は実体験として知っていた。

どちらがより、自分にとって辛《つら》いかというと後者だ。ここまでゴネておいて『やっぱりいい』と言ったところでどうせ、しこりは残るのだ。ならもう、初志貫徹するしかない。咄嗟《とっさ》に俺はそこまで考えると、

「仕度してくる」

と言い置き、着替えるために部屋に戻ったのだった。

俺たち二人はほとんど会話のないまま、徒歩にして十分もかからない新宿二丁目のゲイバー『three friends』に到着した。

「慶太、遅かったじゃない」

こんな早朝に開いているゲイバーはまずないだろう。この店も営業中というわけではない

ことは、店内の様子からしてわかった。何より迎えてくれた店のママ――だかマスターだかの疲れ切った表情がそれを物語っている。

彼の名はミトモ。それが名字なのか名前なのかそれとも源氏名なのか、俺は知らない。ミトモは慶太の昔馴染みで、どうやら慶太に惚《ほ》れてるらしい。薄暗い店内で見るとエキゾチックな美人だけれど、明るいところで見るとそうでもない、などと言おうものならめちゃめちゃ怒られる。

メイクのテクニックはプロ顔負け――も怒られるかな。頭の中で考えただけだというのに、俺以上に勘の良いミトモはそれを見抜いたのか、じろ、と俺を睨《にら》んで寄越した。

「なによ、あんた。あんたなんて呼んでないんだけど。金魚のフンよろしくついてきたってわけ？」

ミトモは俺に対して、普段から物凄く当たりがきつい。きっと俺の若さに嫉妬《しっと》してるんだ、なんて冗談ででも言おうものなら手がつけられなくなるほど機嫌が悪くなるので突っ込まないようにしている。

慶太がミトモの機嫌をとるのは、この店に対してツケがたまってるからっていう理由もあるけど、何より慶太の裏稼業の窓口になってくれているからという理由のほうが大きい。

さすが年の功とでもいおうか――これもまた怒られる表現に違いない――新宿二丁目に店を構えて随分と長い年月の経《た》つミトモは物凄く顔が広いのだ。酷《ひど》い目に遭いながらも警察等に訴えることができず、泣き寝入りするしかなかった被害者が、駆け込み寺よろしくこの『three friends』を訪れる。今日もそんな気の毒な被害者が店にいるに違いない。そう思い、ミトモの悪態を聞き流しつつ店内を見回したのだが、ミトモ以外の誰の姿も見えなかった。依頼じゃなかったのか？　ならなぜ呼び出したりしたんだろう。不思議に思い、問おうとしたそのとき、店の奥にあるトイレのドアが開き、一人の男が姿を現した。

「……っ」

思わず息を呑《の》んでしまったのは、その男の外見が、俺が今まで見たことのないほどになんていうか――凄い、としか言いようがなかったためだ。

俺の目の前には、天使がいた。生きている人間とはとても思えない、美しいひとが存在していたのだ。

美しい、という言葉だけでは表現のできない美形だった。綺麗《きれい》で、儚《はかな》げで、それでいて神神しくて。まさに宗教画の中から天使が飛び出してきた、そんな印象を抱かずにはいられないその男は、俺を見てはっとした顔になった。

「……あ……」

形の良い、そして小さな赤い唇が微《かす》かに開き、声が漏れる。その声もまた、『鈴を転がすよう』という表現がぴったりの可愛《かわい》い、そして綺麗な声で、やっぱり天使だ、と俺はますますその男から視線を外せなくなった。

でもどうして男は俺を見て、驚いた顔をしているのだろう？　その疑問をようやく覚えることができたと同時に俺は、自身の勘違いにも気づくこととなった。

天使が見ていたのは、俺ではなかった。俺を通り越した向こう、彼の視界にあったのは――。

「慶太‼」

天使が慶太の名を呼び、駆け出していく。足音なんてしただろうか、という軽やかな身のこなしだった。見惚れているうちにその天使は慶太の胸に飛び込んでいったが、俺の前を通り過ぎるとき、錯覚に違いないとわかっていても、羽が生えているように見えて仕方がなく、慶太に抱きつくなんて、という憤りを覚えるまでに時間がかかった。

「慶太‼」

天使が慶太の胸の中で、再び彼の名を呼ぶ。

「……アイ……」

慶太が呼び返した声を聞いてようやく、俺は自分を取り戻すことができた。

この天使と慶太は知り合いなのか？　互いに名前を知っているということはそうなんだろう。だがいつの？　どこでの？　相当親しいのか？　それとも顔見知り程度なのか？

顔見知り程度ではああもべったりと身体《からだ》を密着させないんじゃないか？　慶太の胸に縋《すが》りつく天使を見る俺の目が一気に厳しくなる。

茶色っぽく、ウエーブがかかった髪には天使の輪ができており——って古いか——大きな瞳を縁取る睫はバサバサと音を立てるほどに密集し、しかも非常に長い。通った鼻筋、そして可愛らしい唇が小さな白い顔に中に、この上なく絶妙なバランスで配置されている。

やはり天使にしか見えない。でも意外にトシ、いってるかも。発光しているかのように見える白く輝く肌や滑《すべ》らかな頬は確かに若々しくはあるけれど、自分や自分より年下のそれとは少し違う気がする。

やたらと意地の悪い目で見ているなと、ふと我に返って反省した。それと時を同じくし、『アイ』と呼ばれたその美形が慶太の胸から顔を上げた。

「助けて、慶太」

潤《うる》んだ瞳。今にも涙が零《こぼ》れ落ちそうになっている。庇護欲《ひごよく》を駆り立てられる、というのはこんな感じなんだろう。もしこの『アイ』が慶太の胸の中にさえいなければ、俺だって何か力になってやりたい。泣かせたくない、と思ったに違いない。

それにしても彼は一体慶太とはどういう知り合いなのか。お互い、名前を呼び捨てにしているところをみると知り合いであることは間違いない。

まさか元彼？　それはちょっとキツいぞ。ミトモ経由の呼び出しってことはおそらく、裏の仕事の依頼人だろう。直接慶太に連絡をとってこなかったってことは、今の慶太の連絡先を知らないいんじゃないか。

ってことはそんなに親しくはないのでは——我ながら希望的観測としか思えないことをぐるぐると頭の中で考えていた俺の前で、慶太がアイの両肩に手を置き、じっと顔を見下ろしながら問いかけた。

「どうした？　何があった？」

優しい声。慶太は依頼人に対してはいつも、嫉妬せずにはいられないほど優しく接する。慶太に依頼しに来るってことは、めちゃめちゃ辛い目に遭った結果なので、慶太がいたわりに満ちた態度で接するのはある意味当然ではあるものの、やはりあまりいい気持ちはしない。相手が若くて綺麗な男なら尚更。しかも昔馴染みであるのなら尚更だ。

自分でも心が狭いと思うし、プロ意識がないとも思う。慶太の仕事の手伝いをしているのだから、俺だって依頼人をいたわるべきなのだ。

こんな、睨むようにして見るんじゃなく——頭ではわかっているのに、やっぱり視線は厳しくなってしまう。いけない、と目を伏せた俺の耳に、男の細い声が響く。

「ごめん……慶太。慶太が仕返し屋、やってるって知って……今更、合わせる顔なんてないとは思ったんだけど、どうしても……どうしても助けてほしくて……」

『今更、合わせる顔なんてない』ってどういうこと？

ますます目線が厳しくなってしまったせいか、男に気づかれてしまった。

「……あの……」

慶太に寄り添いつつ、ちら、と俺を見る。俺はてっきり慶太が俺を紹介してくれると思い、慌てて笑顔を作った。体裁を取り繕うくらいの良識はあるのだ。

――が。

「わかった。話は事務所で聞くよ」

慶太は俺になど目もくれず、男の肩を抱いたかと思うとそのまま店を出ようとした。

「慶太……っ」

思わず名を呼んでしまったが、慶太が俺を振り返ることはなかった。

「『慶太』？」

だが依頼人の――アイという男の注意は惹いたらしく、彼には振り返られてしまった。

「慶太、あの子、誰《だれ》？　知り合い？」

彼が慶太に問いかけるも、慶太が答える気配はない。

「もしかして、恋人？」

尚もアイは問いかけたが、慶太は何も言わず、ミトモにだけ「ありがとな」と笑顔を向け、アイを連れて店を出ていってしまった。

カランカランとカウベルの音がやかましいくらいに響き渡る。やがてその音は止《や》んだが、その瞬間、俺はミトモに向かい、

「あいつ、誰っ？」

と叫《さけ》んでしまっていた。

「…………なんであんた、来たのよ」

ミトモは俺の問いには答えず、やれやれ、というように肩を竦《すく》め、聞こえよがしな溜め息を漏らした。

「なんでって……だって、ヤな予感がしたんだもん」

口を尖《とが》らせるとミトモは予想どおりのリアクションを見せた。

「可愛い子ぶってんじゃないわよ」

そう言ったかと思うと、ペシ、と俺の額を叩《たた》き、そのままそっぽを向いてしまった。

「可愛いんだから仕方ないじゃん」

「言うわねー」

呆れるミトモに問いを重ねる。

「で、あれ誰？　もしかして慶太の元彼？」

「知らないわよ」

ミトモはとぼけたが、それが嘘《うそ》であることは明白だった。

「やっぱり元彼なの？」

答えを無視して問うとミトモは「さあね」とまたそっぽを向いたものの、頬がピクピクと痙攣《けいれん》しているのは彼が嘘をついている証《あかし》だった。

「元彼なんだね」

隠されるほうがむかつく。三度《みたび》確認を取るとミトモは、ふう、と溜め息をつき、ようやく彼の『知っている』ことを教えてくれた。

「元彼かは、本当に知らないわ。ただ、昔馴染みであることは確か。あと、ワケアリであることもね」

まったくもう、とぶつくさ言いながらミトモが俺をじろりと睨む。

「ワケアリって？」

尚も問うとミトモは、

「詳しいことは何も知らないのよ」

と告げ、肩を竦めた。

彼が真実を語っているのか、それとも誤魔化そうとしているのか——さすが年の功、俺には判断がつかなかった。

「なんて名前なの？」

それならせめて基本情報くらい知りたい。そう思い問いかけるとミトモは一瞬、困った顔になったものの、どうせ粘られるのだろうと覚悟したらしく溜め息交じりに口を開いた。

「有村愛輝《ありむらあいき》」

「年齢《トシ》は？」

「いくつだと思う？」

ここでミトモがにやりと笑う。そう聞かれるということは、やはり俺の見立ては正しかったようだと確信しつつ、ミトモに確認を取った。

「あんまり若くないいんじゃない？」

「どうかしら」

ミトモはとぼけたが、俺が「三十オーバー？」と聞くと、ヒュウ、と唇を吹いた。

「いいとこついてるわね。三十二歳よ。慶太の一つ下だわね」

ミトモは感心し、なぜわかったのかとしつこく聞いてくる。これといった理由もなかったので——意地の悪い見方をしただけだったからだ——俺は適当に誤魔化すと、

「で？　依頼の内容は？」

と別の問いを発した。

「知らない」

ミトモは即答したが、今度こそ、彼の言葉に嘘はなさそうだった。

「どこで聞きつけてきたのか、慶太に裏の仕事を依頼したいから呼び出してくれって頼まれただけだもの。用件聞いても泣いて誤魔化されたし」

「……二丁目のヌシでも誤魔化されちゃうんだ」

嫌みを言ったつもりはなかった。俺にとってミトモは無敵っていうか、誰に対してもずけ

ずけと物を言い、心の中にもドカドカ踏み込んできて言いたくないことも言わされるっていうイメージがあったからだ。

年の功ってだけじゃない、なんだか逆らえない雰囲気が彼にはあるというのに、有村というあの男にその雰囲気は伝わらなかったってことか、と驚いていた俺にミトモは何かを言いかけたあと、考えを変えたようでふいと横を向き呟《つぶや》くようにしてこう告げた。

「あまりかかわりたくないのよ。あんたもかかわらないほうがいいわ」

「………………」

この言い方。やはり有村は慶太の元彼ってことなんだろうか。というのもミトモもまた慶太に相当惚れているのだ。だからかかわりたくないと思うのか。そして同じく慶太に惚れてる俺にもかかわらないようにと勧めるのか。

それを確かめたくて口を開こうとした俺を見ようともせず、ミトモが、

「ああ、もう眠いったら」

と会話を中断させようとする。

「アタシは寝るから。あんた、店の掃除しといてよ」

「ちょっと待ってよ。なんで俺が」

言葉どおり、カウンターの中から店の奥へと消えようとするミトモに、もっと話を聞きたくはあったが彼の背中は完全に俺を拒絶していた。

それでも、と声をかけた俺の耳に、振り返りもせず告げられたミトモの声が響く。

「今、事務所に戻ったらあんた、慶太に怒られるわよ。だからここで時間潰《つぶ》していきなさいって言ってんの」

おやすみ、とミトモがバックヤードに消え、ドアが閉まる音がした。

「…………」

確かに慶太は怒るかもしれない。でも今、事務所で彼と有村がどんな話をしているのかは気になる。

戻るか。慶太は基本、俺には甘いから、最初は怒るかもしれないが、今日、ここに来るときみたいに最後には仕方がない、と笑って許してくれるに違いない。

よし、戻ろう、と思うも、結局俺はミトモに言われたとおり、まだグラスもテーブルに出しっぱなしになっていた店内を片付け始めていた。

何度も言うが俺はかなり勘が良い。その俺の勘が、今回はヤバいかも、と告げていたからだ。慶太は本気で怒るかもしれない。結果取り返しのつかないことになる可能性があると危機感を煽られ、帰る勇気を失ってしまったのだった。

本気で怒る理由は——やはり有村が元彼だからだろうか。

有村は慶太にとって不可侵領域なのか。今、付き合っているはずの俺に対してもその領域は有効なのか。

だからこそ慶太は、この店で有村と顔を合わせてから店を出るまでの間、一度も俺と目を合わせようとしなかったのか。

だとしたら落ち込む。はあ、と俺のついた大きな溜め息の音が店内に響く。

一時間くらいで有村との話は終わるだろうか。彼が依頼してきた『仕返し』とは一体どういうものなのか。俺が手伝うことはあるのか。あった場合、自分は冷静に仕事をこなすことができるのか。

次々、マイナス思考としか言いようのない考えが頭に浮かび、そのたびに溜め息を漏らしてしまう。

ぶくぶくと深みまで沈み込んでいこうとする気持ちをなんとか立て直そうとし、取《と》り敢《あ》えず店内をピカピカに磨いてやろうと空元気を出す俺の脳裏にはそのとき、慶太の逞しい胸に飛び込み泣きじゃくっていた『アイ』の――有村の輝くような白い肌と潤んだ瞳が浮かんでいた。

2

『three friends』の床をピカピカになるくらいまで掃除し、洗い物もすませて店を出たときには、既に慶太が有村を連れて事務所に戻ってから一時間半が経過していた。

もう帰っても大丈夫だろうか。もう少し時間を潰すべきだろうか。逡巡《しゅんじゅん》した結果、こっそり戻って様子を見る、というところに落ち着いた。

一時間半。依頼するだけなら話は終わっているだろう。だが昔の思い出話で盛り上がったりしていたらわからない。

話で盛り上がるのならいい。話しているうちに気持ちが盛り上がり、そのままベッドに――なんてことになっていたらどうしたらいいんだろう。

慶太がそんなことするはずない。だって今、彼と付き合ってるのは俺なのだ。俺を裏切るようなことする慶太じゃない――はずだ。

頭ではそう思っているのに、なぜか鼓動は嫌な感じで高まりまくっていた。なんだろう。なんかヤバい感じがする。こんなときに勘が働いてくれなくていいんだけど。びくびくしながら俺は足音を潜ませ、事務所のある四階までビルの階段を上った。

ドアは磨《す》りガラスになっているので、影が映ってしまう。それなら、とドアの手前で止まり壁に耳を押し当てたが、物音は何も聞こえなかった。

いないのか。いるのか。わからないがこのまま廊下で身を竦ませているのも何かと思ったし、何より気になって仕方がなく、ええい、ままよ、と俺は磨りガラスの前に立ち、目を凝らして室内を窺った。

とそのとき、いきなりドアが開いたものだから、ぎょっとして一歩下がる。

ドアを開けたのは——有村だった。

「あ、君はさっきの」

彼もまた唐突に目の前に現れた俺を見て驚いた顔になったが、すぐに笑顔を浮かべ話しかけてきた。

「ミトモの店にいた子だよね？」

「ええと……」

さっきと印象があまりに違う。儚げというより、今の彼は自信満々に見えた。

妖艶《ようえん》——という表現がぴったりくる。誘うような目ってこういうのを言うんじゃないか。

と思わず揺れる眼差《まなざ》しに見入っていた俺は、慶太の声にはっと我に返った。

「どうした、アイ？」

親しげに呼びかける慶太を有村が振り返る。

「慶太、彼、やっぱり恋人なんでしょう？」

視線だけを俺に残し、問いかけた有村越しに慶太と目が合った。

『そうだ』

肯定してくれるに違いないと思いながら俺もまた慶太を見つめる。が、次の瞬間慶太はふいと俺から目を逸《そ》らせ、いかにもあっさりと首を横に振ったのだった。

「いや。バイトだ」

「え？」

驚きの声を上げたのは俺じゃなく有村だった。

「バイト？　嘘でしょ？」

「本当だよ。ああ、そこまで送っていこう」

面倒くさそうに言い捨てる慶太を俺は思わずまじまじと見やってしまった。

「留守番、頼んだぞ」

横を通りしな、慶太が俺の肩を叩く。

「……わ、わかった」

答えた声は自分のものじゃないような気がした。何がなんだかわからない。酷く混乱してしまって頭がまるで働かない。

「恋人のくせに」

有村が慶太に寄り添い、顔を見上げる仕草がやたらと媚《こ》びているみたいに見えるな、とか、声がやたらと甘えているなとか、嫌悪感が胸に立ち上るのをまるで他人事《ひとごと》のようにぼんやり感じながら立ち尽くしているうちに、二人は事務所を出て階段へと向かっていき、やがて俺の視界から消えた。

「…………なんなんだよ…………」

わけがわからない。よろよろしながら事務所に入り、つい、くん、と空気の匂いを嗅《か》いでしまう。

情事の残り香を探ろうとしている自分の行為に吐き気がする。そう思いながらも目ではソファが座る以外の目的で使われなかったかと、それを確かめていた。

それらしい空気が残っているような気もするし、いつもどおりとも思える。それでも俺は窓を開け空気を入れ換えた。

ソファに座るのを躊躇い、慶太のデスクへと向かう。来客用のソファの前にあるセンターテーブルには当然あるべきコーヒーカップが置かれていなかった。一時間半も話していて、コーヒーも出さなかったんだろうか。それだけ親しいってことかなと思いながらバックヤードに向かった俺は、綺麗に洗われているカップ二つを見て、もしかして、と物凄く嫌な画《え》を想像してしまった。

洗ったのはもしかしたら、有村なんじゃないか。

『洗い物は僕がやるよ』

『いいのに、そんなこと』

『何言ってるの。いつも僕がやってたじゃない』

なんてやり取りがあり、慶太はバックヤードに有村を入れたんじゃないか？

ってことは。慌てて寝室に走り、ドアを開く。

「あ」

ベッドのシーツが酷く乱れていたため、ドキ、としたが、朝のままか、と気づき、安堵の息を吐いた。

さすがにこんな、情事のあとが残りまくっているベッドを使おうとは思わないだろう。ほっとしつつドアを閉めようとした直後、本当に朝のままだろうかという考えが過《よ》ぎったが、突き詰めれば自分が苦しくなるだけだと判断し、敢えてドアを閉め寝乱れたシーツを視界から消した。

それから俺は事務所に戻り、慶太の帰りを待った。が、『送っていく』と言って出ていった慶太が戻る気配はなかった。

昼食の時間になっても慶太は戻らず、一人で食事をする気にはなれなかったので俺は昼を抜いて、掃除や洗濯をして過ごした。

慶太が事務所に戻ってきたのは、夕食の時間も過ぎた午後八時頃だった。

「おかえり」

「なんだ、まだコッチにいたのか」

事務所で迎えると慶太は少し驚いたような顔になったあと、

「メシは?」

と聞いてきた。

「食ってない。慶太は?」

「俺はすませてきた」

悪いな、と慶太が拝むような仕草をする。

「……あの有村って人と昼も夜も一緒に食べたの?」

聞けばきっとうざがられる。それは当然わかっていた。でも聞かずにはいられなかった。もし『そうだ』と言われたら今度は、有村との関係を問い質《ただ》したい。

一瞬のうちに頭の中でこれから交わされるであろう会話のシミュレーションをしたが、慶太はシミュレーションどおりには動いてくれなかった。

「違う。もう仕事に入ったんだ」

短く答えたかと思うと、そのまま生活スペースへと向かおうとする。

「慶太、あの……」

疚《やま》しさを抱えているような雰囲気はない——と思う。慶太のことを信じていないわけじゃない。でも、知りたいという欲求は抑えることができなかった。

それで俺は慶太のあとを追い、仕事の中身について問いを重ねることにした。

「仕事って、今回は何をやるの？」

「ああ、ミオは何もしなくていい。今回、俺一人でやるから」

慶太の口調は淡々としていた。が、なぜかいつになく威圧感を覚え、尚も理由を問うた。

「どうして？　手伝うよ、俺」

「いらないって言ったんだよ」

俺を振り返り、慶太が微笑《ほほえ》む。いつものように、見惚れずにはいられないほどのセクシーな笑みではあったが、どこか緊迫していることに気づかないではいられなかった。

「どうしたの、慶太」

問いかけると慶太が、一瞬、目を見開いた。がすぐさままた微笑みを浮かべると、

「何が」

と問い返してきた。

「なんだか変だよ。なんの説明もせずに『いらない』だなんて」

これまでそんなことはなかったじゃないかと訴えるも、慶太の態度は頑《かたく》なだった。

「とにかく、今回の件にはお前はかかわるな。いいな？」

「……もしかしてそれって、依頼人が慶太の元彼だから？」

聞いた傍《そば》から後悔した。が、聞かずにはいられなかった。慶太はなんて答えるだろう。

『違う』

一番望ましいのはその答えだ。だがもし『そうだ』と言われたら？　俺はちゃんとその言葉を冷静に受け止めることができるだろうか。

ごく、と俺が唾《つば》を飲み込む音が室内に響く。果たして慶太の返事は、と彼を見つめたが、慶太の視線が俺へと向くことはなかった。

「理由はどうでもいい。とにかくお前は今回の件にはかかわるな。いいな？　二度と俺にそう言わせるんじゃないぞ。絶対かかわるなよ」

そっぽを向いたまま慶太はそう言い捨てると、

「シャワーを浴びてくる」

とドアの向こうに消えていった。

「…………」

シャワーを浴びるようなことを外でしてきたの？　そう問い質したいが、それをすれば慶太の不興を買うに違いないとわかるだけに、もう俺は彼のあとを追って浴室まで押しかける気をなくしていた。

まずは落ち着こう。バックヤードへと向かい、冷蔵庫からミネラルウォーターのペットボトルを取り出すとまた事務所に戻り、来客用ソファに腰を下ろした。

水を飲み、大きく息を吐き出す。落ち着け、落ち着け、と自分に言い聞かせながら俺は、今現在、俺と慶太の間に何が起こっているのか、それを考えようとした。

元彼の出現。途端に愛想がなくなった慶太。それどころか、元彼が俺のことを今彼かと確認を取ってきたときはっきり彼は『違う』と答えていた。

なぜか。いくら理由を考えても『元彼とヨリを戻したいから』という答えしか浮かんでこない。元彼は慶太に裏の仕事を依頼してきた。ってことは酷い目に遭っているということだろう。そんな彼に対し、慶太の気持ちが同情から愛情に変わったとか？

焼け木杭《ぼっくい》に火がつく——ってやつだろうか。関係ないけど俺はつい最近まで『やけぼっくり』だと思い、松かさのようなものを想像していた。

本当に関係がない。はあ、と溜め息を漏らす俺の脳裏に、有村の綺麗な顔が浮かんだ。

彼は慶太の元彼なのか。慶太自身が否定しないからきっとそうなんだろう。

もし違ったら普通、否定する。俺と慶太の目の前に俺の昔馴染みが登場したとして、慶太が彼を元彼かと疑い確認を取ってきたら俺は、一も二もなく『違う』と主張するに決まっている。

好きな相手に無駄な誤解をされたくないから。もし元彼だったとしても『違う』と答えかねないな。うん、と頷《うなず》いたと同時に俺は、だからかなと慶太が否定しない理由を思いついた。

慶太が否定したところで俺は疑いを捨てない。そう思われたんじゃないだろうか。

『元彼なんかじゃない』

『本当に？』

『ああ、本当だ』

『嘘だ。実は付き合ってたんじゃないの？』

「…………やりそう…………」

会話のシミュレーションがあまりに容易に浮かぶことを反省した。

考えてみれば慶太に『元彼』が存在しないわけがないのだ。あれだけ素敵なんだから、というここに加え、元彼がいなければどうやってあのベッドでのテクを磨いたのかという話になってくる。

俺だって『元彼』が複数いるから、慶太に元彼がいることについては、とやかく言う資格はない――けど、嫌だと思う気持ちはやはり、抑えることができなかった。

慶太も俺の元彼に対してそんな気持ちを抱いてくれるだろうか。くれそうにないな、と思うとより惨めな気持ちになった。

ともかく、落ち着くことだ。まだ俺は慶太に何も言われちゃいない。もし慶太の気持ちが俺からあの元彼、有村に移ったとしたら、慶太はきっちりそう説明してくれるに決まっている。その説明がない限り、無駄に悩むのはやめよう。

あれこれ悪い結果を想像したところで、落ち込むだけでなんの利点もない。その『悪い結果』が現実になった時点で色々考えればいいことを、想像の世界でする必要はない。

頭ではわかってるんだ。わかっているんだけどそこを考えてしまうのが、悲しい人間の性《さが》なのかも。

そんな性、邪魔なだけなんだけどなあ、と思いながら俺が溜め息をついたそのとき、生活スペースに通じるドアが開き、慶太が姿を現した。

「…………え？」

シャワーを浴びたという慶太は、キメに決めた格好をしていた。いつも彼はいたってシンプル、かつ安価な服を好んで身につけている。素材がいいので何を着てもかっこいいのだが、せっかくの容姿や体軀《たいく》を生かして流行の服を着れば、さぞかっこいいだろうに、と俺は日々思っていた。

今、慶太はまさに流行の、かつ高級そうなブランドスーツで身を固めていた。エグゼクティブというより遊び人といった印象を受けるその格好に思わず見惚れる。

髪型もラフな感じながらいつも以上にかっこよく整え、それこそ女性も男性も、万人が振り返らずにいられないという姿になっていた彼は俺をちらと見やると一言、

「出かけてくる」

と言い捨て、事務所を出ようとした。

「……あ、あの……」

何処《どこ》へ、と聞いても教えてくれない気がした。それなら、と咄嗟に考え問いかける。

「何時頃、戻る？」

「わからない」

にべもなく。学校で習った記憶がうっすらあるそんな単語が頭に浮かぶ。問いを拒絶されていると感じずにはいられない答え方に一瞬怯《ひる》んで黙り込む。と、慶太はそんな俺を振り返ると、

「寝てろよ」

と微笑み、そのまま事務所を出ていった。

「……慶太……」

笑い顔はいつもの彼のもの——だったと思う。なのになぜ俺はこうも焦燥感に駆られているのか。

慶太を信じられないのか。いや、信じてるし。ならなぜこうも不安になるのか。自問自答するうちになんだか胸が詰まる思いがし、このままでは泣く、と察したために俺は思いきり両手で自身の頬を叩いた。

「いて」

パチッと高い音がするくらいの強さに、思わず声が漏れる。じん、と痺《しび》れる頬を擦《さす》りながら、これからどうしようかと考えた。

慶太の行方《ゆくえ》を捜すか。まだそう遠くへは行っていないだろうから、駆けていけば追いつけ

るだろう。こっそりあとをつけるか、それとも自分も一緒に行く、と頼み込むか。

「……どっちも無理だよな……」

どんなに足音を忍ばせ気配を消しても、慶太には一〇〇パーセント気づかれるに違いないし、一緒に行くとゴネても今回はおそらく、拒絶される予感がした。

諦《あきら》めるべきなのに、なぜか今夜に限っては慶太の行方が気になって仕方がない。この気持ちはやはり、美形の元彼を目《ま》の当たりにしたからか、と自己分析をしてみたが、少し違う気がする。が、その『違う』というのも自分の嫉妬心を認めたくないがゆえの思い込みなんじゃないかと言われれば——誰も言わないだろうけど——そんなことはない、と自信を持って否定はできなかった。

意味のない自己分析は疲れるだけだ。今、俺にできるのは大人しく慶太の帰りを待つことだけなんだから、待とうじゃないか。

そうだ、家の掃除をして待とう。さっきミトモの店をぴかぴかに磨き上げたからだろうか。今、すべきは掃除だと、俺はそう、自分のするべきことを決めた。

帰宅した慶太がびっくりするくらい、家中をぴかぴかに磨いてやろう。身体を動かしていれば余計なことを考えずにすむ。それで家が綺麗になれば一石二鳥じゃないか。

我ながら無理があるくらいにポジティブシンキングへと身を置いている自覚を抱きつつも俺は、まずは洗面所と今まで慶太が使っていたバスルームをぴかぴかにしてやる、と腕まくりをし、生活スペースへと向かったのだった。

バスルームと洗面所の清掃を終え、続いてキッチンの掃除をし、冷蔵庫の整理までした上で今度は寝室を綺麗にし、次はリビング、と思いつつも疲れ果て、ソファにどさりと身体を落としたときには既に時計の針は午前三時を指していた。

その時間になっても慶太は戻ってこなかった。今日は外泊するつもりで出かけたんだろうか。それならそう、言ってくれればいいのに。言ってくれれば待ちはしないのに、なんて呟きはしたものの、もし慶太が『泊まる』と言い置いて出て行ったとしてもきっと俺はこうして一睡もできず待っていたに違いない。

慶太は今頃何をしているのだろう。一人なんだろうか。それともあの有村と一緒なんだろうか。仕事中か。それとも二人で楽しい夜を過ごしているのか。

愛の語らい中だったら嫌だな。『語らい』ならまだしも、ベッドインしていたらやりきれない。でもこんな夜中にもしも部屋に二人きり、とかになったら——そして相手がかつては愛し合った男だったとしたら、セックスしないほうが不自然ってものかもしれない。

でも今、慶太は俺と付き合っている——はずだ。恋人がいるのに元彼とベッドインなんてこと、慶太がするとは思えないけど、それは単なる俺の希望的観測なんだろうか。

有村みたいに魅惑的な男にもし『抱いて』と言われたら、くらっときてしまったりして？

いや、慶太に限ってそんなことはない、と思いたいけれど、『ない』と断言できるほど俺は慶太のことを知らないのだった。

ミトモに聞いてみようか。慶太と付き合いも長いし、彼の言うことなら信用できるような気もするけれど、でもそれをミトモに聞くのはどうなんだ。普段、嫌みの応酬をしている相手なだけに、後々まで持ち出されることになりかねない。

それはそれでむかつくし、と思いとどまると俺は、やりきれない気持ちを吐き出したくなり、はあ、と必要以上に大きな溜め息を漏らし、ごろり、とソファに寝転んだ。

「……慶太……帰ってきてよ……」

未《いま》だに嫌な予感は胸に燻《くすぶ》っていた。が、それが嫉妬によるものではないと断言はできなかった。

何はともあれ、慶太が帰ってくればこの不安も消えるだろう。だから早く、帰ってきて。そう願いながら俺は疲れた身体をソファに横たえ、まんじりともできずに慶太を待ち侘《わ》びたのだけれど、結局夜が白々と明けても慶太は戻ることなく、俺のやりきれない気持ちは募りまくっていった。

朝八時過ぎても慶太の戻る気配はなく、仕方なく俺はシャワーを浴びると、食事をとる気力はなかったので、仕度をすませ、事務所を開けるべく準備を始めた。

慶太の表の仕事は一応、午前十時スタートということになっている。『便利屋』の看板を出してはいるが、特に宣伝はしていないのでほとんど依頼人は来ない。とはいえ、裏の仕事が万一警察に突っ込まれるようなことがないとも限らないので、事務所は毎日十時から五時までは開けている。

あまりにヒマだと、慶太の友人知人のそれこそ『雑用』を請け負うこともある。たとえば飼い猫がいなくなったから探してほしいとか、年老いた母親が寂しがっているから二時間ほど相手をしてほしいとか。俺も時々そうした仕事は手伝うが、裏の仕事のほうは相変わらず、あまり手伝わせてもらえていない。

慶太は俺を巻き込みたくないと言うが、もしかして信用してもらえてない、というだけかもしれない。確かに俺は慶太みたいに演技が上手《うま》いってわけでもないし、なんでもこなせるとはとても言いがたい。でも、何事も経験だと思うのだ。俺だって場数を踏めば演技だって上手くなるし、機転も利くようになるだろう。だからこそ、もっと仕事を手伝わせてほしいのに、慶太はどうしても首を縦に振らない。

『大学に戻れ』

『今は勉強するときだ』

耳にタコができるくらいに、同じ事を言われてしまう。どうしてわかってもらえないんだろう。俺がしたい『勉強』は慶太の裏の仕事についてだってことを。そのために必要なことなら、進んで学ぶ。でもきっとそれは大学じゃ教えてくれないことだと思うんだ。

慶太もわかっているだろうに。思わず溜め息を漏らしてしまったそのとき、事務所のドアノブを回す音がし、俺の意識をさらった。

慶太が帰ってきた——！　確信した俺は思わず立ち上がり、ドアが開くのを待った。顔を見た瞬間に『おかえりなさい』と言いたかったからだ。だがドアを開き事務所内に足を踏み入れてきたのは、俺の見も知らない男だった。

「ああ、人、おったんか」

関西弁——だけどなんだか酷くわざとらしい。が、言葉以上にツッコミどころがたくさんある。部屋に入ってきたのはそんな男だった。

身長は百八十センチくらいありそうだった。細身のシルエットはショーモデルみたいだ。頭が小さく足が長い。顔は物凄く——整っている。

けど、素直に『イケメン』と言い切れないのは彼の風体が変わっている、としかいいようのないものだったためだ。

まず髪型が普通じゃない。今時ロン毛だ。肩より長いその毛を一つにまとめている。そんな特殊な髪型なのに、服装は量販店で買ったんですか、と聞きたくなるような、いかにもなツルシのスーツなのだ。

サラリーマンだろうか。しかし一般企業でこの髪型はありなんだろうか。いやー、なしだろう。となると誰だ？　依頼人か？　首を傾《かし》げつつも俺は、『便利屋』の客なのか、それとも『仕返し屋』の客なのか、それともまったくの通りすがりの人なのか。どれにでも対応できるような応対を心がけつつ問いかけた。

「あの、失礼ですけど……」

どちらさまですか、と問い、続いて用件を聞く。頭の中で会話のシミュレーションしながら口を開いたが、次の瞬間、すべてのシミュレーションが吹っ飛ぶような出来事が俺を待ち受けていた。

というのもその、怪しい風体の男がいきなり安っぽい背広の内ポケットに手を突っ込んだかと思うと、信じがたいものを取り出し俺に示してみせたからだ。

その信じがたいものとは――。

「すんません、警察です。ここは秋山慶太の事務所でええんかな？」

男が俺に示してみせたのは、警察手帳だった。

『警部補　遠藤真理《えんどうしんり》』

墨痕《ぼっこん》鮮やかに書かれたその文字の上には、短髪ではあるものの、顔は一緒とわかる彼の写真がある。

警察――？　もしや、慶太の裏の仕事がバレた？　どうする？　トボけるしかないか。しかし慶太は？　まさか逮捕されたのか？　今回の仕事で？　それとも過去の仕事で？

まずは探ろう。それから対処策を考える。大丈夫だ。落ち着け。自分にそう言い聞かせつつ、俺はエセ関西弁を喋《しゃべ》る刑事を真《ま》っ直《す》ぐに見上げた。

「……あの、秋山さんが何か……？」

「君は誰や？　秋山さんの知り合いか？」

俺の問いには答えず刑事が――遠藤という名の彼が逆に問い返してくる。名前は『真理』だったか。刑事で『真理』だなんて、狙《ねら》ってるとしか思えない。まず名前ありきだな、なんて、余計なことに思考がいきそうになるのを踏みとどまり、とりあえず名乗るかと胸を張って名前を告げた。

「望月といいます。秋山さんの事務所の――便利屋のアルバイトですが、あの、秋山さんが何か？」

そこをまず教えてくれ。そう思い、先ほどと同じ問いを繰り返した俺に、遠藤刑事が厳しい眼差しを注いでくる。

「…………」

怪しまれるようなことは何も言っていないはずだ。『便利屋』が嘘だと言いたいのか？　やはり裏の仕事がバレたのか。そうだとしたらもう、とぼけてとぼけてとぼけまくるしかない。

『仕返し屋』なんて仕事はこの世に存在しないってくらいに――。

そう心を決めた俺だったが、遠藤刑事はまたも俺の決意などまるで関与しないようなとんでもない言葉を告げ、俺の思考を混乱の坩堝《るつぼ》へと追いやってくれたのだった。

「先ほど秋山慶太を、殺人の容疑で逮捕したんや。君、望月君やったっけ。アルバイトいうとったけど、どんくらい前からこの事務所で働いとるん？　秋山慶太のこと、どんくらい知っとるんかな？」

「……さ、殺人？　慶太が？」

信じられない。俺はとんでもない悪夢を見てるんじゃなかろうか。呆然《ぼうぜん》としつつ問い返してしまった俺に、遠藤が厳しく質問を重ねてくる。

「『慶太』？　ファーストネームを呼び捨て、ちゅうことは随分と親しかったて、考えてええんかな？」

「…………」

しまった――と、己の言動を悔いるような心の余裕はなかった。唐突に目の前に現れた刑事が、慶太の逮捕を告げた。しかも殺人罪での。その事実をただただ受け止めかね、呆然とその場で立ち尽くしてしまっていたのだった。

3

「ほな望月君。秋山慶太について話、聞かせてもらおか」

エセ関西弁の遠藤刑事がずい、と身を乗り出し、俺の顔を覗《のぞ》き込む。通常だったら動揺のあまり何も考えられなくなっていただろうが、あまりにわざとらしい彼の関西弁が気になって仕方がなく、そのおかげで俺は少し冷静になることができた。

「……それより先に、秋山さんが逮捕された事件について教えてください」

ダメモト——というより、ほぼダメだろうと思いながらも聞いてみる。が、予想を反し、遠藤は俺の問いに答えてくれようとした。

「ええよ。ただなあ、もしも君が秋山慶太の今彼やったら、ちょぉっと辛い展開になるかもしれへんで。それでもええか?」

「…………今彼とか、ちょっと、意味、わからないんですけど」

戸惑いながらも俺は、この件には慶太の『元彼』が——有村が絡んでいると確信することができた。

「なんや、随分年上なのに呼び捨てにしとるからてっきり、そういう関係なんかと勘違いしてもうたわ。違うんかいな」

遠藤はとぼけた俺の言葉を信じたのか、それとも喋らせて探ろうとしているのか、どちらともとれるような口調でそう、確認をとってきた。

「ウチの事務所、フランクな社風なもんで……」

適当に誤魔化すだけの余裕がようやく戻ってきた。果たして慶太には誰を殺したという容疑がかかっているんだろう。まさか、有村か？　とりあえず事件の概要を聞き出そう。そう思い俺は言葉を続けた。

「で、秋山さんには誰を殺したっていう容疑がかかってるんですか？」

「なあ、君、いくつ？」

だが遠藤は俺の問いに答えてはくれなかった。興味津々、といった顔になったかと思うと、いきなり俺の年齢を聞いてきたのだ。

「二十一ですけど」

「若いのにしっかりしとるんやねえ。バイト、いうことは大学生かな？」

「はい」

「どこの大学？」

これは尋問なのか。戸惑いながらも、隠し立てするようなことでもないので、大学名を答えると、

「優秀なんやねえ」

という世辞が返ってきて、果たしてこの刑事は俺から何を聞きだそうとしているんだろう、と心の中で首を傾げた。

「いつからバイトしてるん？」

「……あの、秋山さんが逮捕された件について、詳しく話を聞きたいんですが」

いつまで経っても話が慶太の逮捕にいかない。それなら、と再び問いかけたが、遠藤はまるで俺の問いが聞こえないかのように質問を続けた。

「ここのバイトは長いんかな？」

「…………」

答えるのをやめたらどうなるか。俺の質問に答える気になるかと遠藤を睨む。

「気になるんやね」

途端に遠藤はにやりとし、俺の顔を覗き込むようにしてこう告げた。

「やっぱ、今彼なんやろ？」

「……あの……刑事さん」

鋭いのか、はたまた思い込みが激しいだけなのか。確かに慶太のことは一度呼び捨てにしてしまったが、それだけで『今彼』と見抜かれることはまずないと思う。

実際俺は慶太の『今彼』ではあるが、ここは隠しておいたほうがいいような気がし、とことんとぼけることにした。

「なんや」

遠藤がまた、わざとらしい関西弁で問い返してくる。

「刑事さんてゲイ?」

「え?　俺が?」

俺の問いが唐突だったからか、遠藤が素《す》っ頓狂《とんきょう》な声を出す。イントネーションがやっぱり標準語っぽいなと、今度はそれも突っ込んでやることにした。

「あと、関西出身じゃないよね?　出身は東京?」

「……君、イケズやな」

苦笑する遠藤に、駄目押し、とばかりに言ってやる。

「関西人は『イケズ』なんてリアルじゃ言わないんじゃない?」

全般的には知らないが、少なくとも俺の知る関西人は一人として言ってない。まあ、年代差っていうのもあるだろうけれど、と尚も遠藤に問いを重ねてやる。

「刑事さん、いくつ?　見たところ三十代前半?」

「君、大人しそうな顔しとるけど、見た目を裏切るな」

エセ関西弁であることは間違いないのに、遠藤はその口調のまま、ニッと笑って俺にそう返してきた。

「別に大人しそうじゃないよ」

「いやあ、世間知らずのええとこのぼっちゃん、いう感じやで」

「てか、その嘘くさい関西弁、超イラッとくるんだけど、誰からも言われないの？」

「言われるなー。特に関西人からはよう言われる。めっちゃイラッとくるらしいわ。なんでやろな」

「俺、東京人だけど、めっちゃイラッとくるもん」

「さよか」

あはは、と遠藤が笑う。

なんだか話しやすい。エセ関西弁には確かにイラッとくるし、今時、しかも刑事なのにロン毛かよ、という姿にも違和感を覚える上に、スーツはツルシの安物。一つとして自分との共通点はなく、友人や今までの恋人とも重なる部分なんて一ミリもないというのに、そう、今まで会ったこともないような人種であるにもかかわらず、なぜか遠藤というこの刑事には、何も躊躇《ちゅうちょ》することなくぽんぽんとものが言える。

最初は敢えて相手を凹《へこ》ませてやろうと、意地の悪い言葉ばかりを選んでいたが、そのうちそんな意図は忘れてしまった。

これももしかしたら彼の、刑事としてのテクなんだろうか。聞き込みのスキルとして相手に気を許させ、話しやすい雰囲気を作るとか、そういったものか？　だとしたらすごい能力高いよな、と思わず顔を見てしまう。

「なんや」

凝視しすぎたせいか、遠藤は少し居心地の悪そうな顔になったのだが、直後に、

「ああ、いかん」

と顔を顰《しか》めると、コホンと咳払《せきばら》いをし俺を真っ直ぐに見据え口を開いた。

「君がただのアルバイトで、雇い主についてはよう知らんいうんなら詳しい話はせえへん。秋山慶太いう男について、少しでもなんや、我々の役に立つような情報を提供してくれるんやったら、概要を説明するわ。どないする？　望月君」

「…………イケズやねえ」

思わずそう返してしまった俺の前で、遠藤は破顔すると、

「ほな、契約成立や」

と笑い、右手を差し出してきた。

「契約とか、するつもりないけど」

パシッとその手を叩き、彼を睨む。警察官相手にこんなことして、許されるんだろうかとは思うのだが、遠藤の嘘くさい関西弁とうさんくさい外見を前にするとどうしても悪態をつかずにはいられなくなってしまうのだった。

「痛いなあ」

遠藤もまた、俺の態度の悪さを気にしている様子はなかった。相変わらずにこやかに笑い

ながらそう言うと、

「ほな」

と少し真面目な顔になり、やにわに喋り始める。

「秋山慶太は殺人の容疑で逮捕されたんや。殺害現場でな。ところで君、佐藤幹彦《さとうみきひこ》いう男の名、今まで聞いたことあるか？」

「…………あ…………」

握手したわけでもないのに、どうやら遠藤は俺に事件の概要を説明してくれる気になったらしい。太っ腹だな、と感心したせいで答えるのが遅れた俺に、遠藤は再度、

「聞いたことあるか？」

と問いかけてきた。

「佐藤幹彦？　知らない。誰？」

少しも聞いたことがない名だ。問い返すと遠藤は、一瞬だけ逡巡してみせたあとに、すぐさま答えを与えてくれた。

「秋山が殺した男や」

「…………誰だ、それ……」

まったく心当たりがない。第一、慶太が人を殺すわけがない。しかし本当に誰なんだ、その佐藤という男は——？　戸惑うばかりの俺に遠藤が新たな問いを発した。

「知らんか……なら、有村愛輝は？」

「え……っ？」

それは知っている。思わず反応してしまった直後に俺は、しまった、と己のリアクションを悔いた。

「知っとるんやな」

遠藤が確認を取ってくる。

知っている。が、有村は慶太の『裏の仕事』の依頼人だ。ここはとぼけるべきだったんじゃないか。いくら遠藤が気安い雰囲気を醸し出していたとしても。

後悔に苛《さいな》まれていたため、声を失っていた俺を前にし、遠藤は抑えた溜め息を漏らすと、俺に問い質すことなく説明を始めた。

「殺された佐藤さんは、有村に対してストーカー行為をしとったいう話やった。身の危険を感じた有村はもと交際相手で便利屋の仕事をしている秋山慶太に相談を持ちかけた。で、仲裁に入ったはずの秋山が佐藤さんと口論の末、感情的になって佐藤さんを殺害した——いうことや」

「あり得ないよ、そんな……っ！」

驚きと、戸惑いと、そして考えられないような違和感に襲われながらも俺は、必死で冷静さを保とうと試みていた。

「だいたいそれ、誰が言ってるの？　さっき、現場で逮捕されたって言ったけど、慶太がその佐藤って人を殺した場面に警察が居合わせたの？　なわけないよね。そんな、刑事の前で人殺しするなんて、普通ないもんね？」

そして慶太自身も、自分が殺したなんてことを警察に説明はしないだろう。となると慶太を逮捕させたのはどう考えても有村だ。きっとすべては有村が仕組んだことなのだ。それしか考えられない。

少しも自分が冷静になれていないことを自覚しつつも俺は、一体どういう状況で慶太は逮捕されたのだと、それを知りたくて遠藤に問いかけた。

「慶太が自白したわけじゃないよね？」

「せや。君の『慶太』は何も言うてへん。すべては有村が言うとるだけのことや」

「……………え……………？」

遠藤が『慶太』と呼び捨てにしたのは、俺がうっかり漏らしてしまった言葉を受けてのものだろう。が、被害者の佐藤には『さん』づけだったのに、有村は呼び捨てだ。

何か理由があるんだろうか。眉を顰《ひそ》めた俺の前で遠藤は、はっとした顔になると、

「いや、なんでもないわ」

と苦笑し、言葉を続けた。

「『慶太』は遺体の傍におった。それを発見したんが有村や。有村はご丁寧《ていねい》にも現場近くの

交番の警察官を同道しとった。で、逮捕となったわけや」

「………用意周到……？」

そうとしか思えない。呟いた俺に近く顔を寄せ、遠藤が頷いてみせる。

「せや。ほんま、仕組まれたとしか思えんわ。そこで君に聞きたいんは、ほんまにそないな依頼が有村からあったんか、いうことと、もう一つ、有村と秋山慶太の関係や。君に知っとることを、教えてくれへんか？」

「………俺の……知ってる……こと？」

問い返した俺に、遠藤が力強く頷く。

「せや。その前に君と秋山慶太の関係も教えてほしいわ。二人は恋人なんやろ？　熱々なんやろ？　ちゃうか？」

「……それは………」

そうだ、と答えたい。が、俺は『熱々』のつもりでも、慶太がどう思っていたかは、彼に聞かないかぎりわからない。

「それは？」

冷静な声で遠藤が問いかけてくる。

「……俺は……」

彼にはきっと、嘘は通用しない。そう察した——からだけではなかった。

俺もまた知りたかった。真実を。それでこんな本音が漏れてしまったのではないかと思う。

「……俺は、慶太と熱々のつもりだった……でも、慶太がどうだったかは………わからない……かも」

「…………」

言っているうちに語尾が震えてしまったのは、涙が込み上げてきたためだった。

慶太にとって俺は、果たして『恋人』といえるような存在だったんだろうか。少しは愛しいと思ってもらえていたんだろうか。付き合い始めも俺が押しかけたから、みたいなものだ。もしかしたら慶太は俺を持て余していたんじゃないのか。

だからこそ、有村という元彼が現れた途端に、かつて抱いていた彼への想いが再燃してしまい、それで彼の危機を救うためにストーカーを殺した――と？

「そんな……あり得ないよ。慶太が人殺しをするなんて……」

あり得ない。あるわけがない。どれほど血迷っていようが、慶太が人の命を奪うなんてことをするわけがない。

主張したいが、もしも有村に対する気持ちが強烈だったら、『ない』とは言い切れないかもしれない。

力なく声を途切れさせ、俯《うつむ》いた俺は、ぽんと肩を叩かれ、はっとして顔を上げた。

「そうだとええなと、俺も思うわ」

「…………そう…………だよ、きっと」

遠藤の目の中には、同情としか思えない光があった。同情、ということは遠藤は、慶太が殺したという可能性を捨てていない——どころか、慶太の犯行であると確信しているということかもしれない。

「だとええな」

優しげな声を出し、俺の肩を叩く彼を睨む。

「そうに決まってる」

「……で、有村はココに依頼に来たんやな」

確認を取る遠藤に俺は、コクリと首を縦に振っていた。

それが慶太をより追い詰めることになるとはわかっていたにもかかわらず頷いてしまっていたのは、そんなことを考える余裕がなかったということともう一つ、遠藤を帰しておそらく有村との関係を誰より知っているであろうミトモに、一刻も早く話を聞きに行きたいと願っていた、その結果だった。

その後、遠藤は俺から有村がいつ来たかとか、そのときの様子はどうだったかなどという

話を簡単に聞いたあと、

「また来るわ」

と笑顔を残し、事務所を出ていった。

彼が帰った直後、俺は取るものも取り敢えず、ミトモの店を訪れたのだった。

当然ながら営業時間ではない。ミトモの店は閉まっていたが、玄関がどこかもわかっていたので裏へと回り、インターホンをこれでもかというほど連打した。

『………なによ、しつこいわねえ』

百回くらいボタンを押した結果、ようやく眠そうなミトモの声がスピーカーから聞こえてきた。

「ミトモ、助けて。慶太の一大事なんだ」

ミトモには慶太の名前を出すのが一番効果的だということはわかっていた。俺の狙いどおりミトモは、

『何言ってんのよ』

と言いながらも、二分後には玄関のドアを開け、俺を中へと導いてくれた。

「慶太の一大事って？」

ミトモは寝ていたらしいが、俺に素顔を見せることは躊躇ったらしく、家の中であるにもかかわらず、顔を覆うような大きなサングラスをかけていた。

「一体どうしたっていうの？」

表情がほとんど見えないような状態ではあったものの、ミトモが焦っていることは彼の口調からみてとれた。

「逮捕された……殺人の容疑だって」

「はぁ？　慶太が殺人？　なんなのよ、それ」

素っ頓狂な声を上げるミトモに俺は、遠藤刑事から聞いた一連の話を説明した。

「…………アイ絡みってことね……」

ぽつん、とミトモが呟き、やれやれと言いたげに溜め息をつく。

「アイ？」

有村のことか。そういや慶太もそう呼んでいたなと思い出しつつ問い返す俺にミトモが何かを言いかける。と、そのときインターホンがやかましいくらいに連打される音が室内に響き、俺とミトモは思わず顔を見合わせた。

「誰よ」

ミトモが俺に問いかける。

「……あ…………」

このタイミングで現れる人物の存在を、俺は一人しか思いつかなかった。

「……ごめん、多分、俺……」

あとをつけられた。詫びた俺の耳にインターホン越し、想像したとおりの男の声が響く。

『警視庁捜査一課の遠藤いいます。少々お話し、伺いたいんやけど、入れてもらえませんやろか』

「なによこの、わざとらしい関西弁」

ミトモが呆れたように俺を見る。

「知らない……けど、ポリシー……かも？」

自身の不手際に落ち込みつつも、俺もまた首を傾げ、ミトモを見返した。

「敵？　味方？」

ミトモが俺を真っ直ぐに見据え問いかけてくる。

「わかんない」

正直なところを答えたあと俺は、使えない、とばかりに顔を背けたミトモに対し言葉を足した。

「多分、敵じゃないと思う。あと、有村に対して思うところはあるみたい」

「……あんたの言葉がどんだけ信用できるのかしら」

そう言いながらもミトモがインターホンの受話器を取り上げる。

「アロー？　あたし、さっき寝たばかりなんやけどね」

『すんませんな。お時間はとらせませんよって』

「あんたのエセ関西弁、ほんまに苛《いら》つくわ」

ミトモは俺をちらと見やってから玄関へと向かい、ドアチェーンを解除し扉を開いた。

「はじめまして。警視庁捜査一課の遠藤真理です」

ドアの外に立っていた彼が——遠藤が、警察手帳を示しつつミトモに会釈をしてみせる。

「俺のあと、つけたんだね？」

俺が問いかけると遠藤は照れたように微笑み、パチ、とウインクして寄越した。

「かんにんな、僕も仕事やさかい」

「……むかつくー。その偽関西弁」

何よりむかついているのは、あとをつけられていたことを少しも自覚していなかった自分自身にだ。

玄関から室内に入ってきた遠藤を睨み付けると、彼は再度「かんにん」と肩を竦めてみせたあとに真面目《まじめ》な表情となり、ミトモを見据え口を開いた。

「卑怯《ひきょう》な手を使うたことに関してはこのとおり、詫びさしてもらうわ。せやけど、はよ、事件を解決したいんや。そやし、協力してはもらえへんやろか」

「……どうでもいいけど、そのエセ関西弁はいつまで続くのかしらね？」

ミトモが心底嫌そうな声でそう言い、サングラス越しに遠藤を睨む。

「永遠に続くよって、慣れてもらうしかあらしませんなあ」

遠藤は慣れているのか、ミトモのクレームを軽く流すと、

「うそくさ」

と吐き捨てた彼にかまわず質問を始めた。

「まずお名前、教えてもらえます？」

「……黙秘します」

ミトモがツンと澄まし、そう告げる。

「そない意地の悪いこと言わんと。望月君のためにも、一刻もはよ秋山慶太を釈放してあげたい、思いませんか？」

「まるであんた、慶太の無実を信じてるような口ぶりね」

ミトモが訝《いぶか》しげな顔になり――って、サングラスのせいで殆《ほとん》ど表情は見えないのだが――遠藤をまじまじと見やりつつ、言葉を続ける。

「それとも味方と思わせて実は……ってやつ？」

「あはは、そない卑怯な男に見えますか」

遠藤が朗らかに笑い、両手を広げてみせた。

「ごらんのとおり、開けっぴろげで単純な男やさかい。腹黒キャラ、ちゃいますよって」

「そうね。腹黒ならきっと儲《もう》かってるだろうから、ツルシのスーツなんて、着ないでしょうしね」

ミトモの着眼も俺と同じところだったようで、きっちりそう突っ込んだあと、尚もじろじろと遠藤を見やり、外見についてのツッコミを述べ始めた。

「ロン毛もないわよねー。素材はいいんだからさ、髪切って、スーツももうちょっといいの、着たら？　あとはその、苛つくエセ関西弁をやめること。聞き込みにだって支障が出るんじゃないの？　その言葉じゃ」

「ご親切にありがとうございます。まあ、支障は出とるんやけど、関西弁はポリシーやさかい、かんにん」

ぺこり、と遠藤が笑顔で頭を下げる。

「……………支障、出てるんだ」

なのにやめないその『ポリシー』とは一体、と俺とミトモはつい顔を見合わせてしまった。

「で、お姉さん、お名前は」

遠藤がにこやかにミトモに名前を再び問う。ミトモは俺と再度顔を見合わせたあと、遠藤と話をする気になったのか、

「ミトモよ」

と名乗り、彼から質問を発した。

「あなたさっき、慶太を釈放したいみたいなこと言ってたけど、本気で慶太の無実を信じてるのかしら？」

さすがミトモ。ズバリと核心を突く問いかけに、思わずごくりと唾を飲み込む。

俺は先ほどの遠藤の発言はリップサービスといおうか、ミトモから話を聞き出すための方便なんじゃないかとまだ疑っていた。

そうじゃなきゃ逮捕なんてしないだろうとも思ったからだが、果たして遠藤はどう答えるのか。

ここではっきり『無実を信じている』なんて言おうものなら、ミトモも、そして俺も、

『だったらなぜ逮捕した』

と詰め寄ってやる。

さあ、なんと答える気か。ミトモとともに遠藤の出方を窺っていた俺は、その彼があまりにあっさりと告げた言葉に驚きの声を上げていた。

「秋山慶太は無実や。おそらく有村愛輝にはめられたんやろ」

「なんだって⁉」

あっさりと——あたかも自明のことであるかのようにあっさりそう言い切った遠藤に、愕《がく》然《ぜん》としたのは当然、俺だけじゃなかった。

「あなた……」

ミトモもまた驚きに声を詰まらせ、遠藤を見つめていたが、さすが年の功といおうか立ち直りは俺より早かったらしく、身を乗り出し遠藤に問いかける。

「あなた、有村愛輝の悪行、知ってるの？」

「ええっ？」

悪行って――？　あの、見た目天使のような、悔しいくらいに魅惑的だったあの有村が？

何がなんだかわからない。俺はただただ呆然とし、ミトモと、そして遠藤がじっと見つめ合うさまを眺めていることしかできずにいた。

「お姉さんは……ミトモさんは、有村とは付き合い、長いんか？」

俺がショックを受けている間に、ミトモは遠藤刑事をソファに座らせ、店では最も値段が高いと常日頃から言っているミネラルウォーターを振る舞っていた。

遠藤の問いにミトモは、

「いいえ」

と顔を歪《ゆが》めて首を横に振ったあとに「ただ」と言葉を足した。

「昔から知ってはいるわ。かかわらないようにしていたけれど」

「そら賢明や」

遠藤がすかさずそう言い、にっこり笑う。

髪型と服装はイマイチだが、本当に彼は綺麗な顔をしていた。綺麗といっても女々しい印象はない。面食いのミトモの好きな顔なんじゃないかと思うも、慶太逮捕のショックから立ち直れていないのか、ミトモが彼にデレデレすることはなかった。

「……で、あんたは？　アイとはどういうかかわりがあるの？　あいつ、警察に目をつけられるようなヘマはしてきてないんじゃないかと思うけど」

ミトモが口にするだけでも汚らわしい、というような口調で言い捨てる。彼は確かに普段から嫌みな物言いはするものの、こうも嫌悪感を抱いてある人物を評しているところは聞いたことがなかった。それゆえ戸惑っていた俺をちらと見やったものの、声をかけることなくミトモは尚も遠藤に問いを重ねた。

「個人的に酷い目に遭ったとか？　だとしたら公私混同じゃない？」

「……ま、公私混同、言われたらそのとおり、としか言えへんのやけど」

遠藤が苦笑まじりにそう言い、肩を竦める。

「ああ、でも酷い目に遭《お》うたのは俺やない。友達や。そやし、私怨《しえん》ちゅうのとはちゃうで」

「友達でも充分、私怨だと思うけどね」

ミトモが呆れた口調でそう言い、遠藤の顔を覗き込む。

「どんな酷い目に遭ったの？　財産搾り取られた挙げ句に一文無しにされ捨てられた？　社会的地位も名誉も失った？　そんな男や女は掃いて捨てるほどいただろうけど」

ミトモの発言は誇張表現としか思えなかった。が、それに対する遠藤の言葉を聞き俺は、少しも誇張などではなかったのかと驚かされたのだった。

「全部や。その上、命までとられたわ」

「………」

さすがのミトモが一瞬声を失う。遠藤の言葉は嘘には聞こえなかった。彼は今、微笑んではいたけれど、その表情は酷く寂しげだった。

「……それも私怨、言われたら返す言葉はないけどな」

黙り込んだ俺たちに向かい、遠藤はそう苦笑してみせたあと、

「せやから」

と気持ちを切り替えたかのような口調で言葉を続けた。

「秋山慶太も有村にはめられたんちゃうかなと思うたんや。元彼やったんやろ？　有村の色香に迷うて、利用されたんちゃうか？　殺された佐藤いう男も有村の色香にやられて全財産を奪われ、捨てられたんやけど、泣き寝入りせんと有村を訴えようとしとったいう話やったから」

「有村にとっては、目の上の瘤《こぶ》やった……いうわけ？」

ミトモにもエセ関西弁が移ったらしい。確認を取るミトモの前で、遠藤が噴《ふ》き出す。

「わざとらしい関西弁やね」

「人のこと言えないんちゃう？」

言い返したあとミトモは、

「でも慶太は別に、利用なんてされてないと思うわよ」

と腕組みをし、じろ、と遠藤を睨んだ。

「せやろか。現に今、逮捕されとるわけやし」

遠藤が、ごもっとも、と言いたくなるような答えを返す。

「ちょっと待って」

でもそれは聞き捨てならない。思わず俺は口を挟んでしまった。

「慶太はそんな、馬鹿じゃないよ。きっと慶太なりの考えがあってのことだと思う。逮捕されたのも多分、わざとだよ。なんでかはわからないけど……」

「……そない思いたい君の気持ちはわかるけどな……」

遠藤が切なげな顔をし、俺を見る。

同情されている。わかったと同時に頭にカッと血が上った。

「希望的観測とかじゃないから！　あんたは慶太がどんだけ優秀か知らないんだっ！　言っとくけど慶太は元彼の色香に迷ってやってもいない殺人の罪を着せられるような、そんな馬鹿じゃないからっ」

「ちょっと黙っときなさい」

直後にミトモからの突っ込みが入った。

「だって」

言い返そうとし、ミトモが『馬鹿』と言いたげな目をして俺を見ていたことに気づく。

遠藤は慶太の人となりなど知らない。俺が何を言おうが彼が俺の言葉を聞き入れることはまずないだろう。

無駄な労力を使うより前に、慶太逮捕の情報を引き出し、起訴などされないよう働きかけるのが先決だ。何より、興奮のあまり口を滑らせた結果、俺くらい馬鹿だと裏の仕事のことまで喋ってしまいかねない。

熱くなっている場合じゃなかった。即座に反省し口を閉ざした俺の代わりに、ミトモが遠藤に問いかける。

「まだ検察には送られてないのね？」

「ああ、まだ」

遠藤が頷く。

「慶太がその佐藤って男を殺した証拠はあるの？　たとえば凶器。凶器に彼の指紋がついていたとか、そういった動かぬ証拠はあるのかしら？」

「ミトモさんはほんま、ええ読みしとりますなー」

感心しますわ、と、満更世辞ではないような口調で遠藤は言うと、

「凶器は見つかってません」

と微笑んだ。

「え？　ちょっと待って。慶太、現場で逮捕されたんでしょ？　遺体の傍にいたって……。なのに凶器、持ってなかったの？」

状況がさっぱり見えない。問いかけた俺にも遠藤は、

「望月君も鋭いな」

と世辞を言ったあと、疑問に答えてくれた。

「殺人が行われたのは午前二時頃なんやけど、秋山慶太は一旦現場から逃げ出したあと、忘れモンでもしたか、或《ある》いは己の痕跡を消そうとしたかで、再度現場を訪れとるんや。遺体の傍の床を拭《ぬぐ》おうとして蹲《うずくま》っているところに、第一発見者である有村が友人の弁護士と一緒に交番の警官を連れて現れた──いう流れや」

「警官だけじゃなく弁護士も一緒だったの？」

さっき、弁護士もいるとは遠藤は言っていなかったと思う。なんで弁護士が。できすぎじゃないかと思いつつ確認を取ると遠藤は「せや」と頷きその弁護士についての情報を与えてくれた。

「小野田《おのだ》いう名前の弁護士で、有村とは長年の付き合いや、いう話やった」

「そう……」

怪しい。ぷんぷん臭《にお》う。それに、ともう一つ気になったことも遠藤に問い質す。

「慶太は本当に床を拭ってたの？　遺体を確認していたとかじゃないの？」

「拭っとるように見えた、と有村は言うとる。弁護士もな」

「そいつら、グルね」

ミトモの指摘に、俺も大きく頷く。

「ところで慶太はなんて言ってるのよ。逮捕されたってことは犯行を否認してないの？」

「そんな……っ」

馬鹿な、と言おうとした俺の声にかぶせ、遠藤が答える。

「せや。黙秘を貫いとる」

「なんでっ？」

勢い込んで尋ねた俺に対し、遠藤は同情的な眼差しを注ぎつつあまり聞きたくない答えを返してくれた。

「そやし、有村に丸め込まれたんやないかと……」

「そりゃないと思うけどね」

俺が何を言うより前に、ミトモが遠藤の意見をばっさり斬《き》って捨てた。こういうときは頼もしい、とミトモを見やる。

「何か考えがあってのことでしょうよ。で、話を戻すけど、状況証拠だけじゃ、起訴は難しいわよね。自白でもないかぎり」

「自白って、ミトモっ！」

慶太がするわけないじゃん、と怒鳴ろうとした俺の先回りをし、ミトモがじろりと睨んでくる。

「わかってるわよ。可能性の問題だってお馬鹿なあんたもわかるでしょ？」

「馬鹿で悪かったな」

「『馬鹿』を否定せんのか」

遠藤がいらぬ突っ込みを入れてきたのを「うるさい」と黙らせると俺は、

「馬鹿にでもわかるように説明してよ」

とミトモに詰め寄った。

「だから、慶太は何か考えがあって口を閉ざしてるってこと。起訴されないと見込んでね」

「どんな考えがあるの？」

「それがわかりゃ世話ないわよ」

ペシ、とミトモが俺の額を叩く。

「いて」

「確かに」

遠藤も苦笑しそう言うと、笑わなくても、と恨みがましく睨んだ俺に、

「そやし」

と話しかけてきた。

「秋山さんが何を考えとるかはさておき、検察に送られてまえば勾留《こうりゅう》期間は下手したら一《ひと》月近く伸ばされる危険があるやろ。その時間が惜しい、思わんか？」

「思うけど……」

彼は何が言いたいのだろう。わからない、とミトモを見るとミトモもまた眉を顰《ひそ》め首を傾げた。

「検察に送る前に、証拠不十分で釈放できたらええと思うやろ？」

「…………思う……けど？」

ますますわからないぞ、と答えが疑問形になってしまった。

「警察の見方はこうや」

遠藤がニッと笑い、口を開く。

「秋山さんが佐藤さんを殺す、その動機が弱い。仮に有村が秋山さんの元彼だったとして、秋山さんに現在付き合っている恋人がいるとしたら、元彼のために殺人なんぞせえへんやろ……てな具合に、ますます動機が弱くなる」

「……あ……」

だからか。ここで俺はようやく、遠藤がしつこいくらいに俺に対し、慶太の今彼かと確認を取った理由を察した。

『そうだ』

そう答えれば慶太は釈放されるんだろうか。思わず頷きかけた俺の耳に、ミトモの冷静な声が響いた。

「それってさ、警察の見解じゃなくて、アイに私怨のあるあんたの見解なんじゃないの？」

それを聞いた途端、遠藤の表情が一変した。が、こっちがはっとするほど厳しい顔になったのは一瞬で、すぐさま彼は笑顔になると、

「ほんま、イケズやね」

と笑ってみせた。

「ちょっと考えさせて」

そんな彼にミトモがぴしゃりと言い捨てる。

「今日中に頼んます。逮捕から四十八時間以内に検察に送らなならんので」

遠藤はゴネるかと思ったが、意外にもあっさり納得した。淡々とした口調でそう言い置くと、まず俺に、続いてミトモへと視線を向け、にこ、と笑ってこう言葉を足した。

「連絡、待ってます。おそらく我々は協力しあえるはずですさかい」

「協力してほしかったらその苛つく関西弁をなんとかしなさいよね」

悪態をつくミトモを遠藤は「はは」と笑っただけで流すと、

「ほな、失礼しますわ。秋山慶太さんは新宿署にいるよって」

ひらひらと手を振りつつそう言い、店を出ていこうとした。が、ふと、

「せや」

と何かを思い出した声を上げ俺を振り返った。

「今、家宅捜索の令状とっとるさかい。そのうち事務所に刑事らがぎょうさん、押しかける、

思うわ」

「……それは……」

凶器を探しにか、と眉を顰めた俺に遠藤は、

「まあ、望月君の様子からして、秋山慶太が一度も戻らんかったことはわかっとるさかい、探してもなんも出てこんとは思うけどな」

一応、決まりやさかい、かんにんな、とぺこりと頭を下げると、俺からの返事を待たず店を出ていった。

カランカランとカウベルの音がやかましく店内に鳴り響く。

「……あれは……敵？　味方？」

敵じゃないよね、と確認を取った俺にミトモは「わからないわね」と答えたあとに、はあ、と深い溜め息をついた。

「ミトモ？」

その溜め息の意味は？　問いかけた俺をミトモは、

「うるさいわね」

と睨んだきり、黙り込んだ。

「……俺、慶太のためになんかしたい」

でもその『なんか』が何だかわからない。教えて、と縋る思いでミトモに問いかけると、

当然無視すると思ったミトモが答えを与えてくれた。

「あんたは家に帰って、慶太の下着と替えのシャツを用意した上で新宿署に行きなさい。その間にアタシはあの遠藤って奴《やつ》の情報を集めるわ」

「わ、わかった」

ミトモは『考えさせて』と言っていたが、どうやら調べた上で遠藤の申し出を受けるつもりのようだ。だからこそ俺に『今彼』として行動しろと言っているんだろう。

「うまくやんなさいよ」

ミトモが俺の心を覗いたかのようなタイミングでそう言い、サングラス越しにパチ、とウインクしてみせる。見えはしなかったが、睫が瞬《しばたた》く音でウインクだとわかった。

「わかった。頑張る」

まかせて。慶太のために俺ができるのがそれなら、絶対失敗せずやり遂げてみせる。決意を込めて頷くとミトモは、

「張り切りすぎるんじゃないわよ」

と諌《いさ》めつつも俺に、

「がんばんなさいよ」

とエールを送ってくれたのだった。

ミトモに言われたとおり、慶太の着替えを持って新宿署に向かい面会を申し出たところ、『取り調べ中だ』と拒絶された。

なら待つ、と廊下のベンチで一時間ほど待ったが、慶太に取り次いではもらえず、着替えを預かると言われ追い返されてしまった。

ベンチで待っている間に、慶太のところに弁護士を名乗る男が訪れた。俺の知らない男だ。いかにもな法曹といおうか、銀縁の眼鏡《めがね》に七三分けの髪、そして見るからに高そうなスーツを身につけていた。

慶太と彼との面談時間は五分にも満たなかった。立ち去っていく弁護士がどこか不機嫌そうに見えたのはおそらく、この弁護士が有村と共に事件の第一発見者になった男であり、もしかしたら慶太の弁護を引き受けたいと、そう申し出たのを慶太が断ったんじゃないかと推察できた。

新宿署を出たところで遠藤刑事と偶然、顔を合わせた。

『それでええ』

遠藤は一人ではなかったから、目だけで笑ってみせたあと、わざとらしく俺に声をかけてきた。

「ちょっと待った。君、秋山慶太の事務所におった子やな？」

「あ、はい。慶太の着替えを届けに……」

「『慶太』？　君、もしやタダのバイトやないとちゃう？」

「え……っ。えっと、その……」

「もしかして君、秋山慶太の恋人なんちゃうか？」

「こ、恋人って……な、なんでわかったの……っ？」

恥ずかしいくらいにわざとらしい。だがその羞恥《しゅうち》も遠藤の横にいた刑事が、

「なんだと？」

と顔色を変えたのを見て、捨て去ることができたのだった。

「遠藤さん」

刑事がいきなり厳しい目になり俺を睨みつつ、遠藤に声をかける。

「話、聞いたほうがええよな」

遠藤は彼に頷き返すと視線を俺へと戻し、笑顔で口を開いた。

「悪いんやけど、ちょっと時間ええかな？」

「あ、あの、俺は特に……」

ベタな演技もやってるうちにノリノリになってきた。俯いた俺の腕をやはりノリノリになっているらしい遠藤が摑《つか》む。

「心配いらんて。秋山慶太が心配なんやろ？」

「……うん……」

しおらしい恋人のふりをしつつ俺は、遠藤に導かれるがまま再び警察署内へと戻ったのだった。

会議室に通されたあと、遠藤と横にいた刑事――岡田《おかだ》という名前の巡査部長だと紹介された――に問われ、俺は自分が慶太の今彼であることと、二人の関係は良好であること、有村が何かを依頼に来たのは知っているが、依頼内容までは知らないことなどを証言した。

「慶太に会わせてよ。ねえ。慶太、なんで黙ってるの？　もしかしたら俺をネタに脅されたりしてるのかも」

「君をネタに？　どういうこと？」

これは遠藤には言ってなかったからか、不思議そうに問い返してくる。ギャップありすぎで、岡田に今までが演技だとバレるんじゃないか、とひやひやしながら俺は、『脅迫』の内容を説明した。

「俺の親、かなり大きな会社を経営してるんです。俺、親にはゲイってこと隠してるし、それに一応長男で跡継ぎなもんだから、俺と慶太がその……男夫婦だってことを世間や親にばらすって脅されたら、犯人役を買ってでるんじゃないかと……」

「なるほどなー」

遠藤が感心したように頷く。

「俺、別に知られてもいいよ。親にも世間にも。だから慶太に正直になんでも喋ってって言ってやって。お願い、刑事さん！」

「わかった。わかったから落ち着きや」

演技だったはずが、喋っていることは嘘じゃないだけに感情がこもってしまった。

「……すみません……」

落ち着けと言われて我に返り、熱くなりすぎたかと俯く。

「安心してええ。ほな、もう帰ってええわ。事務所で『慶太』の帰り、待っときや」

遠藤は俺の頭をポンポンと叩くと、岡田に「出口まで送ったって」と声をかけ、俺は岡田に連れ添われて警察署の外へと向かったのだった。

「元気出してくださいね」

俺の演技が過剰だったためか、はたまたもともと心優しい男なのか、純朴そうな顔をした岡田刑事は俺に酷く同情してくれているようで、優しく声をかけてくれ、なんなら事務所まで送ると申し出てくれた。

「……ありがとうございます」

大丈夫です、と親切すぎるその申し出を断り一人で事務所に戻ったのだが、何度振り返っても岡田は警察署の入り口で俺を見送ってくれており、そこまで心配させるほどの名演だったか、と少しだけ己の演技を自画自賛した。

事務所に戻ってからはミトモに電話を入れ、状況を伝えた。

『まあ、あんたにしてはよくやったんじゃない？』

珍しくミトモは誉めてくれたあとに、さすが、というような情報を教えてくれた。

『あの遠藤って刑事の言うことが本当か気になって調べたんだけど、アイ絡みで命を落とした男は複数いるからそっち方面からは裏は取れなかったの。でも、あいつが長年アイに絡んでいるのは本当だったわ。なんとかしっぽを摑もうとしていたけれど、アイの立ち回りが上手すぎて、起訴どころか逮捕までにも至っていないけどね』

「……死んだ友達の仇討《かたきう》ち……か」

『まさに私怨よね』

ミトモは茶化したようなことを言ったが、彼の口調からはいつもの皮肉さは感じられなかった。

『彼がついてりゃ、決定的な証拠でも出ないかぎりはそのうち慶太も釈放されんでしょ。そうなったらまた、連絡ちょうだい。慶太が何やろうとしてるかは知らないけど、なんでも協力するから』

「……ありがとう。そうする」

頼もしい。心からそう思い礼を言ったというのにミトモは、

『あんたにお礼を言ってもらうようなギリはないから』

と冷たく言い捨て、ガチャンと電話を切ってしまったが、よくあることなので気にもならなかった。

それから三十分ほどして、遠藤が予告していたとおり、新宿署の刑事たちが家宅捜索の令状を手にやってきた。

事務所内も私室内も凶器をさんざん探されはしたが、当然ながら出てこない。せっかく掃除をしたのに部屋中しっちゃかめっちゃかにされて残念だと思っていたところ、俺に酷く同情的だった岡田巡査部長が家宅捜索の面子《メンツ》に入っており、後片付けをきっちりやってくれたので非常に助かった。

刑事たちが帰ったあと、慶太が帰ってきたら何を食べさせようかとか、風呂は用意できていたほうがいいだろうかとか、考えつくかぎりの出迎えの用意をするべく俺は行動を開始したのだが、その『準備』が日の目を見たのはそれから三時間が経過したあとだった。

事務所のドアが開き、待ち望んでいた彼が——慶太が姿を現す。

「ただいま、ミオ」

「慶太‼」

犬でもこれほど一目散に主人に向かっていかないに違いない。そんな勢いで俺は慶太に駆け寄ると、飛びつくようにして彼を抱き締め、再びその名を呼んだ。

「慶太！　よかった！」

「ミオ、心配かけてごめんな」

慶太が優しい口調でそう言い、俺を抱き締め返してくれる。

「慶太ぁ……」

もっと強く抱き締めてほしい。キスしてほしい。いっそこのまま、ソファに押し倒してしまおうか。ますます強い力で抱きついていた俺の耳に、慶太の苦笑が聞こえたと同時に、聞き覚えのある男の声も響いてきた。

「感動する気持ちはわかるんやけど、そっから先に進むんは、もうちょっと待ってもらってもええかなあ」

「えっ」

この声は。何よりイラッとくるこの偽ものくさい関西弁は。誰と考えるまでもない、と俺は慶太から両手を解くと身体を離し、その人物へと——遠藤刑事へと視線を向けた。

「邪魔してかんにんな」

遠藤が片目を瞑《つむ》り、俺に詫びてくる。

「本当だよ」

悪態をつきはしたものの、慶太が帰ってこられたのは彼の尽力が大きいだろうとすぐさま察したため、改めて深く頭を下げた。

「……って、今の嘘。ごめん。ほんとありがとう。お世話になりました」

「『今の嘘』って、おもろいなー、望月君。おもろい、いうか、可愛え、いうか」

あはは、と遠藤が高く笑う声が癇《かん》に障り、感謝した舌の根も乾かないうちからまたつい悪態をついてしまう。

「おもろくも可愛くもないから。てかしつこいようだけどその関西弁、全然イケてないから。普通に喋ってもらえない？」

「こらミオ、失礼だろ」

慶太が苦笑交じりに注意を促してくる。

「慶太だって苛つくだろ？」

だが俺がそう言うと慶太は否定せず、

「まあなあ」

と尚も苦笑しただけだった。

「ほんま、傷つくわー」

そんな彼を前に、遠藤がわざとらしく落ち込んだフリをし、またも俺を苛つかせる関西弁を使ってみせる。

「……で、何しに来たって？」

冗談はさておき、と、遠藤を睨むと慶太が、

「こら、タメ語は駄目だろ」

とまた注意する。

「だってむかつくんだもん」

「関西人は上下関係、そないに気にせんから大丈夫や」

俺の言葉に被せ、遠藤がそんな馬鹿げたことを言ってきたため、

「関西人じゃないくせに」

とまたも悪態をついてしまった。

「こらミオ」

ぺし、と慶太が俺の額を軽く殴ったあと、

「話が進まないだろ」

と言いつつ、遠藤へと視線を向ける。

「話？」

どういう、と問いかけた俺は、続く慶太の言葉を聞き、仰天したあまり思わず大きな声を上げてしまった。

「ああ、これから作戦会議だ。佐藤さん殺害の本当の犯人逮捕のために、我々はタッグを組んだのさ」

「嘘でしょ⁉」

刑事と仕返し屋が協力体制に入っただなんて信じられない。絶叫する俺に対し、慶太はあたかも『まかせろ』というようにパチリと、それは魅惑的なウインクをして寄越し、ますます俺から声を奪ってくれたのだった。

5

慶太の指示で三人分のコーヒーを淹《い》れて事務所に戻ると、すでに慶太と遠藤は来客用のソファに向かい合わせで腰を下ろし、何か熱心に話し合っていた。

「……ほな、秋山さんが昨夜訪れたときには、佐藤さんは生きとった、いうことですな？」

「ぴんぴんしてた。玄関先まで見送ってくれたよ」

「何を話したんです？」

「アイに……有村愛輝に法的手段を以て報いる手はないかと、そういったことを相談された」

どうやら事件の概要を二人して話し合っているようだ。それぞれにコーヒーを出したあと俺も慶太の隣に座り、話を聞くことにした。

「佐藤さんの家を出たあとは？」

「アイに連絡を入れたが繋《つな》がらなかったもんで、ちょい不安になってな。で、佐藤さんのマンションを見張ってたんだ。あそこはエントランスが一箇所しかないから、そこさえ見張ってりゃあ、アイかアイから指示された人間が乗り込んできてもわかると思ってた……が、裏、かかれたらしいな。おそらく既にマンション内の別の部屋ででも待機してたんだろう。で、俺が帰ったあとに佐藤さんを手にかけた……ってことじゃないかと思う」

「あのマンションの防犯カメラはエントランスとエレベーターにしかありませんからな。確かに秋山さんの案以外に、防犯カメラに映らず佐藤さんの部屋に侵入し彼を殺すことはできんでしょう。まあ、秋山さんが犯人や、いうんやったら話は別やけど」

「全然面白くない、その冗談」

揶揄《やゆ》で誤魔化した嫌疑を俺が指摘すると遠藤は、

「かなわんなあ」

と苦笑し、言葉を続けた。

「マンションは七階建てで全六十八室。たいした数やないから、住民全員の聞き込みで協力者をあぶり出そうと思うとる」

「一番怪しいのは管理人じゃないかと思うぜ」

ここで慶太が口を挟んだ。

「管理人？」

「ああ、佐藤さんが殺されたのは、死亡推定時刻からすると俺が部屋を出た直後だったんだろ？　管理人室には監視カメラのモニターがある」

「なるほど。そこで待機しとったら外で秋山さんが出ていくのを見張らんでもええ、いうことか」

遠藤が感心した声を上げるのに慶太は、

「アイは効率よくなんでもやるからな」

と肩を竦めた。

「…………」

『アイ』――親しげな呼び名だ。やはり慶太と有村は以前、付き合っていたんだろうか。だが有村は、遠藤の話から推察するに随分と非道な男のようだ。

慶太も彼のことを話すと顔が厳しくなる。もしや――もしや、かつて慶太も有村と関係を持ち、結果酷い目に遭ったのだろうか。

だからこその、苦々しい表情なのか？　聞きたい。でも聞く勇気は出ない。でも聞きたい。逡巡しまくりながらも俺は聞けなかったというのに、遠藤は言いにくそうにしながらも、

「ええと、ちょっとええかな」

と慶太に問いかけた。

「なに？」

「秋山さんと有村の関係を聞いてもええかな？　望月君も気にしとるみたいやし」

「俺をダシにしないでよ」

そう言いはしたが、実際、俺は遠藤に感謝していた。それがわかったのか、遠藤がパチ、とウインクして寄越す。

「元彼ってわけやないんやろ？　その様子だと」

遠藤は物怖《ものお》じしない性格らしく、ズバッと慶太に斬り込んでいく。それが嫌みでも、威圧的でもなく、実に爽《さわ》やかである。

いいキャラだな、と感心したのは俺だけではなかったようだ。

「聞きにくいことをよう、はっきり聞くなあ」

慶太も苦笑しただけでなく、わざとなのか感染《うつ》ったのか、彼もまた嘘くさい関西弁でそう言うと、続いて俺が聞きたくてたまらない答えを与えてくれた。

「遠藤さんの読みどおり。アイとは昔馴染みではあるが、間違っても元彼じゃない。元彼どころか……」

慶太は少し興奮していた。が、ここで我に返った顔になり、

「……いや、ともかく、元彼じゃないぞ、ミオ」

と俺に笑顔を向けてきた。

何か誤魔化そうとしている。気づきはしたが、突っ込めずにいた俺の代わりに、遠藤がきっちり突っ込んでいく。

「『元彼どころか』？　その先に何を言おうとしたんか、教えてはもらえへんかな?」

「……ほんまに君は、聞きにくいことをよう、聞きはりますなあ」

今度は慶太ははっきりと意識し、遠藤以上に嘘くさい関西弁でそう言うと、やれやれ、というように肩を竦めた。

「その関西弁、望月君には不評やと思いますよ」

遠藤もまた苦笑し、肩を竦める。

「あんたの関西弁も不評だけどね」

自分はちゃんと喋れているとでも思われたら大変だ。慶太に突っ込めない分、というわけではないが、俺は遠藤にはきっちり突っ込み、彼もいい加減、関西弁をやめてくれないかと言う望みを込めて顔を見やった。

「ほっといてんか。ポリシーやさかい」

遠藤もまたきっちり俺に言い返してくる。

「ポリシーなら仕方ないよな」

俺が何を言うより前に慶太は遠藤の関西弁を黙認するような発言をすると、彼を真っ直ぐに見つめ口を開いた。

「『元彼どころか』恨みすら抱いている――そう言おうとした。警察官に言う言葉じゃないから、言いよどんだだけだ」

「恨み……」

そこまで強烈な言葉だと予測していなかった俺は、その場で固まってしまっていた。

「過去になんぞあったんか」

遠藤は俺のように声を失うことなく、実に淡々と問いかけている。

「俺にじゃない。友人が彼のせいで命を落とした。それを恨んでいる……」

「……え……」

デジャビュ。そんな話を最近聞いたことがある。話したのは、と遠藤を見ると、遠藤もまた、驚いたように目を見開いていた。

黙り込んだ彼に対し、慶太が言葉を続ける。

「今回、アイから連絡があったとき、こいつはまた誰かを不幸にするつもりだと確信した。それで依頼を受けたんだ。奴の先回りをし、悪行を封じようとした。が、結局は奴のいいようにされて終わった。悔しいよ。佐藤さんが命を狙われているとわかっていながらみすみす殺させてしまったんだからな」

慶太は本当に悔しそうだった。畜生、と一人呟き、拳《こぶし》を掌《てのひら》に打ち付ける。

「……慶太……」

呼びかけずにはいられなくて名を呼ぶと慶太は、悪い、というように苦笑し、首を横に振った。

「油断した。まさかアイがこうも早く行動を起こすとは思わなかった。完全に油断したよ」

「仕方ない、思うで。秋山さんは久々に有村に会うたんやろ？　最近の有村はえげつなさに磨きがかかっとるんや。長年の積み重ね、いうんかな。嘘に嘘を重ねた結果、いよいよのっぴきならん状況に陥りつつある――いう感じや」

「……そうなのか」

慶太がはっとした顔になり、遠藤を見る。

「ああ」

遠藤は頷くとにやりと笑い、こう言葉を足した。

「ある意味、チャンスかもしれん。有村の悪行を一気に暴くのにな」

「……暴いてやりたいぜ。亡くなった佐藤さんのためにも」

慶太が遠藤に向かい、深く頷いてみせる。

「ほな」

遠藤は明るくそう言ったかと思うとすっと右手を慶太に向かって差し出した。

「協力しあおうやないか。有村逮捕のために」

「…………」

慶太はその手を見つめていた。が、すぐさま笑顔になると彼もまたすっと手を上げ、遠藤の右手を握った。

握手——ということは、二人は本格的に手を組んだということか。

いいのかな。胸に急速に不安が込み上げてくる。

慶太の裏の仕事は法に抵触するかしないかの相当ヤバいものだ。なのに彼は警察と手を組むという。結果、慶太が逮捕されるようなことはないのだろうか。

だが慶太が決めたことに俺がケチをつけるわけにはいかない。ヤバいことになりそうなときには、打開策を一緒に考える。それしかないか、と腹を括《くく》り、目の前で手を握り合う二人の男を見つめていた。

「……とはいえ、具体的にはこれから何をどうすっかな」

遠藤が慶太の手を離し、うーん、と唸《うな》る。

「それなんだが、一日、時間をくれないか？」

慶太の言葉に遠藤が「え？」と戸惑った声を上げた。

「アイをきっちり追い詰め、逮捕、起訴させるためには、それ相応の、一つの穴もない計画を立てる必要がある……それを一晩かかって考えたい」

真摯《しんし》な眼差しでそう告げた慶太の言葉を聞いた遠藤は一瞬何かを言いかけた。が、すぐにふっと笑うと、再び慶太に向かい、すっと右手を差し出した。

「了解した。また明日、連絡を入れさせてもらうわ」

「悪いな。立場もあるだろうに」

慶太が本当に申し訳なさそうにそう言い、遠藤の手を握り返す。

「気にすることあらへん。もともと出世するつもりはないよって」

相変わらず彼の関西弁にはイラッときたが、発言内容や、それに彼の笑顔は見ていて気持ちのいいものだった。

「ほな、また明日」

一旦握った慶太の手を離し、すぐさまパシッと軽く叩くと、遠藤は爽やかとしかいいようのない笑みを残し事務所を出ていった。

「…………」

言葉もなく俺は、遠藤の後ろ姿を見守ってしまっていた。バタン、とドアが閉まったと同時になぜか溜め息が俺の口から漏れたのだが、その音に被《かぶ》せ慶太の少し上擦《うわず》った声が俺の耳に届いた。

「ミオ、今すぐお前を抱きたい……いいか？」

「いいに決まってるじゃない……っ」

俺だって同じ気持ちだ。そう思いながら俺は、両手を広げる慶太の胸に飛び込んでいったのだった。

「ん……っ……んふ……っ……」

慶太はまずシャワーを浴びたい、と言ったが、強硬に俺が『浴びなくていい』と主張したせいで、俺たちはそのまま寝室へと向かい、パリッとしたシーツを敷き直したベッドの上で抱き合った。

慶太が俺を欲してくれている理由はわからない。だが俺が慶太を欲している理由は勿論、よくわかっていた。

ときに身体は言葉よりもずっと饒舌《じょうぜつ》になる。慶太が語れない言葉を俺は行為から聞き取ろうとしていた。抱き合えばまず、安心できる。安心した上で彼が何を語りたがっているのか、それを知りたかった。

互いに服を脱ぎ捨て、全裸になって抱き合う。慶太はいつものように俺の薄い胸に顔を埋《うず》め、右の乳首を唇で、左を繊細な指先で摘まみ上げ、ときに強く抓《つね》り、そして歯を立て、と苛《いじ》め始めた。

「や……っ……あっ……あぁ……っ」

早くも俺の身体には火が付き、たまらない気持ちが募っていた。M気はないつもりだが、乳首を痛くされると燃えてしまう己を誤魔化すことはもうできなかった。

感じるままに声を上げ、腰を捩《よじ》る。たった一晩、離れていただけなのに、その短い期間を『久し振り』に感じ、堪《たま》らない気持ちが募った。

昼も夜も一緒にいるのが当たり前になっていたことを今更自覚し、ますます愛しさが増していく。

ああ、早くほしい。俺の中を慶太でいっぱいにしてほしい。胸を舐《ねぶ》る慶太の頭を抱き締めながら両脚を開き、その脚で慶太の背を抱き寄せた。

「………」

気づいた慶太が顔を上げ、俺を見つめる。

『ほしいのか？』

セクシーな眼差し。唾液《だえき》で濡《ぬ》れた唇もまた色っぽい。見惚れたせいで頷くのが遅れたが、何を言わずとも慶太は俺の希望をすぐさま察してくれたようだった。

ふっと笑ったかと思うと背中に腕を回して俺の脚を掴んで解《ほど》かせ、そのまま腰を上げさせられる。

身体を二つ折りにされたような形となり、恥部が露《あら》わになる。早くもひくついているところが煌々《こうこう》と灯《とも》る明かりに晒《さら》され、さすがに羞恥を覚えてシーツに顔を埋める。

「可愛いな、ミオ」

くす、と慶太に笑われ、いつもの癖で悪態をつこうと視線を向けたときには、すでに慶太は俺のそこに顔を埋めていた。

「や……っ」

むしゃぶりつくような勢いで両手で開いたその中を舐り始めた慶太のざらりとした舌の感触に、ぞくぞくした感覚が背筋を上り、既に勃ちかけていた雄がドクンと大きく脈打った。

「も……っ……そこ……っ……きたないし……っ」

奥深いところまで慶太の舌が侵入し、中をこれでもかというほど刺激する。内壁が蠢《うごめ》き、彼の舌を奥へ奥へと誘《いざな》う。慶太が俺の尻《しり》を摑みそこを押し広げると、望みどおりとばかりに、更に奥を舌で抉《えぐ》り始めた。

「やっ……もう……っ……慶太……っ」

腰を高く上げさせられた辛い体勢がことさらに欲情を煽り立てる。いつしか俺の肌は熱く熱し、うっすらと汗が滲《にじ》んできてしまっていた。鼓動は早鐘のように打ち、呼吸もどんどん乱れてくる。

「あっ……あぁ……っ……あっ……」

喘ぐ声が自分でも切羽詰まっているのがわかる。舌でやってもらうのも充分気持ちいいけれど、実際にそこが——俺が欲しているのは別のものだから、と俺は両腿《りょうもも》で慶太の頭を挟み、顔を上げさせようとした。

慶太は今回もすぐ、俺の希望を察してくれた。両腿の内側を摑んで開かせると顔を上げ、にっこりと笑いかけてくる。

彼が身体を起こした途端、黒光りする逞しい雄が既に屹立《きつりつ》しているさまが目に飛び込んできて、思わずごくりと唾を飲み込んでしまった。

生唾を呑み込むというのはほしくてたまらないものを目の前にしたときの表現だというが、まさに今の俺がそうだ。ほしい。それがほしくてたまらない。

よほどガン見していたらしく、慶太の笑う声でそれに気づかされ、恥ずかしくなった。

「ミオはコレが好きだよな」

慶太が自身の雄を摑み、俺に示してみせる。

「意地悪」

好きだけど、と心の中で呟きつつ悪態をつく。慶太は、

「可愛い子には意地悪したくなるのさ」

そううそぶき、再び俺の両脚を摑んで腰を上げさせると、先ほどからひくつきまくっていたそこへと逞しいその雄の先端を押し当てた。

「おっと」

自然と腰を突き出し、挿入を急《せ》かしてしまう。熱い塊を入り口に感じたそこはますますひくつき、一刻も早い突き上げを期待して熱くわななないた。

「まさに食いつきがいいな」

慶太は俺を揶揄しかけたが、それに乗る余裕を俺が失っているとすぐわかったらしく、

「悪い」

と苦笑すると、やにわに挿入を開始した。

「あぁっ」

一気に奥まで貫かれ、待ち望んだその質感に、堪らず高い声が放たれる。奥の奥まで、そ

れこそ内臓がせり上がるほどの深いところまで慶太の雄が刺さっている、その感覚にえもいわれぬ喜びを感じた次の瞬間には激しい突き上げが始まり、幸福の絶頂から快感の絶頂へと俺の意識を変じていった。

「あっ……あぁっ……あっあっあっあーっ」

力強い律動。ますます奥深いところを勢いよく抉ってくる雄の逞しさに、勢いある突き上げのおかげで内壁が摩擦熱で焼かれるその熱さに、鼓動はますます跳ね上がり、全身からぶわっと汗が噴き出すほどに肌は熱し、早くも俺の意識は快感に塗《まみ》れ朦朧としてきてしまっていた。

「やだ……っ……もう……っ……や……っ……もっと……っ」

ズンズンとリズミカルに突き上げてくる慶太の動きに、背は仰《の》け反《ぞ》り、抱えられた脚はまるで人形のように、思わぬ角度に跳ねる。頭の中では極彩色の花火が何発も上がり、やがて目の前が真っ白になってきた。

自分がいやいやをするように首を横に振っていることも、叫ぶようにして喘ぐこの声が、矛盾しまくっていることを語っているのも、まったく自覚がなかった。

過ぎるほどの快感に、頭も身体もおかしくなってしまいそうで、なんだか怖い、としがみつく背を求め、両手を振り回す。

「どうした?」

耳鳴りのように自身の鼓動が頭の中で響く、その音の向こうから慶太の優しい声音が聞こえてきた。

「慶太……っ」

何も言わずとも慶太はやはり、俺の心をすべて読んでいるようだ。摑まる背中を与えるために身体を落としてきた彼の背に両手両脚で縋りつくと、慶太はわかっている、というように笑い、動きを一瞬止めたあと、少し身体を離し唇を塞《ふさ》いだ。

「ん……っ」

息苦しさに呻《うめ》くとすぐ唇は離れていった。じいん、とした痺れを満たされた後ろに感じ、堪らず腰が捩れる。

少し冷静になれたのか、恐怖感はすっかり払拭されていた。思わぬ行為の中断に、沸騰するほど高まっていた快楽が一瞬冷めたものの、すぐさまそれはより高い熱を持ち俺の全身を滾《たぎ》らせる。

「慶太……っ」

もう大丈夫。名を呼びぐっと腰を突き出す。慶太はふっと笑うと、俺の両脚を抱え直し、すぐさま律動を再開した。

「あぁ……っ……もうっ……もう……っ」

絶頂寸前で足止めされていた快感が一気に戻ってきて、俺はあっという間に快楽の階段を駆け上ると、もういく、と叫び慶太を見上げた。

わかっている。慶太が目を細めて微笑み、俺の片脚を離した手で雄を握ってくれる。

「アーッ」

激しく突き上げられながら雄を一気に扱き上げられる刺激に俺はすぐに達し、白濁した液を慶太の手の中に放った。

「……っ」

慶太が俺の上で少し伸び上がるような姿勢になる。直後にずしりとした精液の重さを中に感じ、ああ、と思わず息を漏らすと俺は、慶太の逞しい背を両手両脚で抱き締めた。

「……ミオ……」

慶太もまた俺の背を抱き締めると、額に、頬に、唇に、細かいキスを数え切れないくらい落としてくれる。

「……もう一回、やろ」

自身の息はまだ整っていなかった。でも、今夜はもっともっと慶太がほしい、と彼の背を抱く手脚に力を込める。

なぜこうも恋しさが募るのか。たった一日離れていただけなのに、なぜこうも慶太を二度と離すまいという焦燥感を抱いてしまうのか。

自分で自分の気持ちを少しもコントロールできない。ただただ、慶太の匂いに包まれ、慶太と抱き合い、慶太を感じていたい。それこそ貪《むさぼ》り尽くす勢いで。

願いを込め抱きつく俺の耳許《みみもと》に、慶太の少し掠れた、甘い声が響いた。

「心配かけてごめんな、ミオ。もう二度とお前に隠し事なんてしないから。お前に黙ってどこへも行きやしないから、安心していいぜ」

「……………慶太…………っ」

俺自身がはっきり自覚していなかった己の胸に巣喰う不安をきっちりと受け止め、優しく慰めてくれる慶太の言葉に胸が詰まる。

泣いたりしたら、まだ不安を抱いているのかと心配されてしまうかもしれない。いや、慶太のことだからきっとこれが、嬉し涙だと説明するより前にわかってくれるかな。

でも泣き顔を見られるのはどちらにしろ恥ずかしい、と俺はますます強い力で慶太の背にしがみつき、彼の肩に顔を埋めつつ、さあ、もう一回やろう、と腰を揺すって次なる行為をねだったのだった。

6

翌朝、いつものように俺《おれ》は前夜の行為に疲れ果て寝過ごしてしまったのだが、慶太《けいた》はやはりいつものように早く起き、ジョギングをこなした上で朝食の仕度をし、すべてが整ってからベッドまで起こしにきてくれた。

「随分綺麗《きれい》に掃除、したじゃないか」

感心したように言われ、気づいてくれたんだ、と嬉《うれ》しくなったせいで、つい口が軽くなる。

「何かやってないといられなかったからさ、家中、ピカピカにしようかなと思って」

「……悪かったな、心配かけて」

そういうつもりで言ったわけではなかったが、結果として慶太を責めることになってしまい、慌てて俺は言い訳を始めた。

「そういう意味じゃないんだ。今、大掃除やっとけば年末楽だしさ。それに冷蔵庫の整理もずっと気になってたからやれてよかったし、そんな、嫌みで言ったわけじゃほんとにないから……」

「あはは、わかってるよ」

慶太が笑いながらすっと手を伸ばし、俺の頭をぽんと叩《たた》く。

「ミオは嫌みなんてまだるっこしいことは言わずに、いつもストレートに言いたいこと、ぶつけてくるもんな」

「……なんかそれ、単純バカって言われてるみたいで、ちょっとむかつく」

半分照れ隠しもあったのだが、半分は本気でそう思えたので慶太を軽く睨《にら》むと、

「そうじゃないって」

と彼は苦笑し、また、ぽんと頭を叩いてくれたあとに、不意に真面目《まじめ》な顔になった。

「……本当に悪かった。今回、ちょっとナーバスになりすぎた」

「慶太……」

真摯《しんし》な眼差《まなざ》しを注いできた慶太が俺に深く頭を下げる。

「そんな、謝らなくていいよ。もう」

気にしてないし、と彼に頭を上げてもらうべく、ベッドから立ち上がって彼の腕を摑《つか》むと、慶太は真面目な表情のまま顔を上げ、改めて俺を真っ直《まっす》ぐに見据えながら話を始めた。

「アイの——有村愛輝《ありむらあいき》の顔を見た途端、まず俺が考えたのは、お前を奴《やつ》から護《まも》らなければ、ということだった。絶対にかかわらせてはいけない。それであんな、冷たい態度を取っちまったんだが、何も説明しなきゃそりゃ、不安になるよな」

本当に申し訳なかった、と再度頭を下げようとする彼の腕を俺は再び摑み、

「俺こそ」

と顔を覗《のぞ》き込んだ。

「慶太のこと、信じてるんだから不安になんてなるはずないのに、あの有村って人があんまり綺麗で、それこそ天使みたいだったから、嫉妬《しっと》して、ひとりでぐるぐる悩んでただけなんだ。俺が勝手に悩んでただけなんだから、慶太は謝る必要なんてないよ。逆に俺が謝らなきゃいけないいんじゃないかな？　嫉妬するなんて、まるで慶太を疑ったのと同じことになるんだから」

ごめん、と頭を下げようとすると今度は慶太が俺の両腕を摑み、顔を覗き込んでくる。

「ミオが謝るのは違うぞ」

「慶太が謝るのも違うよ」

言い返すと慶太は、ふっと笑い、俺に額を合わせてきた。

「ミオは優しいな」

「慶太が優しいんだよ」

どうして俺が優しいことになるのか、素でわからず、首を傾《かし》げながらもそう言い返すと、慶太はまたふっと笑い、額を離した。

「ヤバい。またベッドに押し倒しそうになった」

「……俺はいいけど……」

せっかく作ってもらった朝食はまた、温め直さなければならなくなる。が、そうすりゃいいことで、と慶太に抱きついていく。

「んっ」

慶太もまた俺を抱き締め返し、唇を合わせてきたのだが、軽くチュ、とキスしただけで背中に回した腕を解き、ぽん、と俺の頭を叩いた。

「そうしたいのは山々だが、遠藤《えんどう》刑事が来るだろ」

「……こんなに朝早く?」

慶太がその気にさせたくせに、と恨みがましい目を向けたが、

「多分ね」

と慶太にはウインクされて終わってしまった。

彼のその言葉が正しかったことは、朝食の最中、事務所のインターホンが鳴ったことで証明された。

「早っ」

まだ午前八時過ぎだというのに。驚いた俺の前で慶太は「言ったろ?」と笑い、手にしていたトーストを皿に戻してから事務所へと向かっていく。

「待って」

俺も慌てて口の中にあるものを飲み込み、彼のあとを追おうとしたが、慶太はそんな俺の前で足を止め、くるりと振り返った。

「ミオ、今回の件にはお前はかかわるな」

「いやだ」

前はわからなかったけれど、今はもう、なぜ慶太が俺をかかわらせまいとしているのか、その理由はわかっている。

わかった上で尚《なお》、いや、わかったからこそ、絶対に協力したいのだ、と、きっぱりした口調で慶太の申し出を拒絶すると、彼が口を開くより前に己の決意を訴えた。

「慶太が俺を心配してくれているのは勿論《もちろん》わかる。でも……だからこそ、俺は慶太の役に立ちたい。慶太にとっても危険だってことでしょう？　現に殺人犯に仕立て上げられそうになったし」

「ミオ……」

慶太が困り果てた顔で俺を見下ろしてくる。

「慶太が俺を危険な目に遭わせたくないと思っているのと同じように、俺だって慶太を危険な目に遭わせたくないんだ。俺、充分気をつけるから。だからお願い、俺にも協力させて？」

「…………ミオ…………」

慶太がますます困った顔になる。と、そのとき事務所に通じるドアが突然開いたものだから、俺も慶太もぎょっとしそのほうを見やった。

「いやあ、かんにん。待ちくたびれてしもた」

ドアから顔を覗かせたのはなんと——嘘《うそ》くさい関西弁が今日もイラッとくる遠藤刑事、その人だった。

「不法侵入だろ？」

咄嗟《とっさ》に俺を庇《かば》おうとしてくれた慶太の後ろからそう突っ込む。

「だからかんにんて」

今日も遠藤は昨日と同じようなツルシのスーツを着て、長い髪を背中で一つに縛っていた。『同じような』じゃなくて同じだったりして、と、思わずスーツに注目してしまっていた俺の前では慶太が呆《あき》れた口調で彼に話しかけていた。

「せっかちだな、おい」

「気が急《せ》いてもうてな。有村に一刻も早う手錠をかけたいんや」

遠藤が照れた様子で頭をかく。

「だとしてもさ」

どうやって鍵《かぎ》、開けたんだ、と呆れていたのは俺だけだった。

「上が煩《うるさ》いんだろ。俺を無理矢理釈放させたから」

隠すな、と慶太が苦笑し、遠藤の胸の辺りを拳《こぶし》で軽く叩く。

「かなわんなぁ」

遠藤もまた苦笑するのを見て俺は思わず、

「え？　そうだったの？」

と驚きの声を上げてしまった。

「なんだ、いい奴じゃん」

関西弁はウザいけど、と思ったままを言った俺の頭を、慶太が「こら」と軽く叩く。

「ほんま、ええ奴やで。ほな、打ち合わせしよか」

遠藤に促され、なんとなく勢いで俺も慶太と一緒に事務所に向かったのだが、すぐにコーヒーを淹《い》れてこいと指示を出されてしまった。

「俺も手伝うって」

主張する俺を「わかったって」と慶太は煩そうに追い払う。

今『わかった』と言った。ということは気が変わったのかも。そうあってほしいと祈りながら俺は大急ぎで三人分のコーヒーを淹れ、事務所に戻った。

「……で」

どうやら慶太は俺が戻るまで、話を止めてくれていたようだ。今月の雨量は例年に比べて段違いなほど多いそうだ、なんていう天候の話をしていたのに、俺がコーヒーを配り始めると途端に話題を変えた。

「作戦、思いついたんか？」

遠藤が身を乗り出し慶太に問いかける。

「…………」

あのあとエッチに継ぐエッチで、慶太は考える暇なんてあったんだろうか。心配になり俺もまた隣に座る慶太の顔を覗き込む。

と、慶太はニッと笑い、遠藤と俺、順番に見返したあと、パチリとそれは魅惑的なウインクをしてみせたのだった。

「任せろ」

「いつの間に⁉」

「どないな作戦や？」

俺と遠藤がほぼ同時に大声を上げる。

「アイは俺が釈放されたことを既に知ってるよな？」

慶太はどちらの問いにも答えることなく、そう遠藤に確認を取った。

「ああ、問い合わせがあった。弁護士経由で」

「それなら話は早い」

満足げに笑う慶太にまた、俺は思わず、

「どういうこと？」

と声を上げてしまったのだが、期せずして遠藤と声を合わせてしまっていた。

「どういうことや？」

「あれ」

同時に声を発したことに驚き、遠藤へと視線を向ける。

「なんや俺ら、気ぃ合うな」

だが遠藤にそう言われると、その嘘くさい関西弁にむかつくあまり、つい、

「んなわけない」

と悪態をつかずにはいられなかった。

「……話、進めるぞ？」

慶太がここで口を開く。

「ごめん」

「かんにん」

話の腰を折ってしまったことを謝る声もまた、遠藤と重なってしまった。

「何も言うなよ」

慶太が話すんだから、と遠藤を睨む。

「へえへえ」

「慶太、こいつ、無視していいから」

やっぱこの関西弁は鼻につくんだよなと思いながら俺は慶太に話の続きを促した。慶太は一瞬何か言いかけたが、すぐ苦笑するように微笑《ほほえ》むと話を再開してくれた。

「アイに罠《わな》をしかける。俺を再逮捕できるようなネタを敢《あ》えて奴の前に示してやるんだ。奴は俺がずっと口を閉ざしていることを不気味に思っているだろうからな。一刻も早く逮捕させようと罠に飛びついてくるはずだ」

「罠、か……」

遠藤が眉《まゆ》を寄せ考え込む。

「……再逮捕の決め手、いうたらなんやろ。一番あり得んのは凶器か？」

「凶器は発見されてないんだよな？」

「せや。状況証拠のみやったさかい、秋山さんは釈放されたんやし」

遠藤に慶太が問いかけ、遠藤がそれに答える。俺はもう、口を挟むことができなかった。

ぶっちゃけ、話についていくのがやっとだったのだ。

「凶器は？　鋭利な刃物っぽかったが、特定はできたのか？」

「監察医の話やと、包丁の可能性が高いいうことやった。現場となった佐藤さんの部屋のキッチンに包丁がなかったから、部屋の包丁を使ったんかもしれん」

「凶器を持ち帰ったのはおそらく、俺が犯行を否認した場合の切り札にするつもりなんじゃないかと思う」

「秋山さんの指紋がついていへんかぎりは、証拠の品には……」

遠藤がここまで言ったあと、はっとした顔になった。

「どこぞで包丁を握らされた、とか?」

「それはない」

慶太が噴《ふ》き出し、遠藤を見やる。

「そこまであからさまに仕掛けられたら、『証拠』として包丁出されたときに俺がそれ、主張するだろ?」

「……せやな」

遠藤が照れくさそうに頭をかく。

「あ」

もしかして、と俺は、この間ニュースで観た『指紋』についての情報を思い出した。

「指紋偽造テープ?」

「なるほど!」

俺の指摘に遠藤がまず、大声を上げ納得する。

「俺もそうやないかと思う。他人の指紋をシリコンで型どりして作るやつやったよな?」

「ああ。佐藤《さとう》さんの部屋でも、それにアイの部屋でも手袋なんぞしていなかったからな。佐藤さんの部屋では飲み物も出されたし、俺の指紋を採取するのは簡単だっただろう」

慶太が頷《うなず》く。と、ここで遠藤が、にや、と笑い、探るような眼差しを向けつつ慶太に問いかけた。

「もしかして秋山さん、わざと、隙《すき》を作ったんちゃいます？　こうなることを見越して」

「それはない。俺の第一目的は殺人を防ぐことだったから」

慶太は別に不機嫌になった様子もなく淡々と答えたのだが、それを聞いた遠藤は酷《ひど》く反省した顔で、

「ほんま、申し訳ない」

と深く頭を下げた。

「謝ってもらうようなことじゃない」

慶太はそんな彼に明るく言葉をかけると、

「それより」

と話を戻した。

「早いところ動かないと、アイは俺の指紋をつけた凶器をそれらしい場所に捨てるだろう。罠はそれより前にしかけないとな」

「なるほど。そやし、秋山さんは逮捕されたあとも口、割らんかったんか」

納得した、と遠藤は大きく頷いたが、俺にはその理由がさっぱりわからない。聞きたかったがまた、話の腰を折るのもなと遠慮していたのがわかったのか、慶太が説明してくれた。

「ああ。アイはおそらく俺が無罪を主張し、その日の行動を供述すると踏んでたんだろう。で、その場所に凶器を捨てるつもりだったと……。現状、奴が前夜の俺の居場所を突き止める方

法はない……とはいえいつまでも『切り札』を温存しておくことは選ばないだろうな。今はマスコミや警察が現場の佐藤さんのマンション近くに集っているが、ほとぼりが冷めたころマンション近辺に捨てる道を選ぶんじゃないかと思う」

「それより前に、凶器を有村に捨てさせ、その現場を捕らえる――ということやね？」

うん、と遠藤が大きく頷く。

「その場合、奴は『俺に捨てろと頼まれた』とでも供述するんじゃないか？」

だが正解ではなかったようで、慶太がそう突っ込む。

「ああ、そんとおりや……」

遠藤ががっくりと肩を落としたあと、

「ほな」

と顔を上げ慶太を見上げる。

「どないして罠にかけるんです？　凶器を捨てさせる、いうんが罠やないんですか」

「ああ、それが罠だよ」

頷く慶太を前に遠藤が不思議そうな顔になる。彼以上に俺はわけがわかっておらず、慶太は一体何をしようとしているのかと首を捻《ひね》った。

「ただ」

ここで慶太が再び口を開いたのだが、彼の顔には珍しくも迷いがあった。

「『ただ』？」

遠藤が眉間《みけん》の縦皺《たてじわ》を深め、慶太に対し身を乗り出す。

「正直、禁じ手といってもいい手だから、警察は――遠藤刑事、あなたは介入しないほうがいいかもしれない」

「今更、何言うとるの」

「今更っ？」

またも期せずして遠藤と俺の声が重なってしまった。

「……君ら、ほんまに気が合うな」

慶太が嘘くさい関西弁で突っ込みを入れてくる。

「冗談やないよ。警察は介入せんほうがええて、どういうことや？」

だが遠藤にはまさに『冗談』に応《こた》えている余裕はなかったらしく、顔色を変え慶太に詰め寄っている。

「落ち着いてくれ」

あまりの剣幕に慶太は一瞬鼻白んだものの、すぐさま笑顔を取り戻し、そう遠藤を宥《なだ》めると、

「これが落ち着いてられるか」

と尚も憤る彼に対し口を開いた。

「これから俺がする話は、聞かなかったことにしてもいい。だがその場合、決して邪魔しないでくれ」

「…………」

事前注意としか思えない言葉に、遠藤は何かを言いかけたが、すぐに気を取り直したらしく「わかった」と低く告げ頷くと、続きを待つように慶太を見やった。慶太もまた彼に頷き返したあと、再び喋《しゃべ》り始めた。

「罠は凶器の捨て場所だ。奴に凶器の捨て場所は自宅しかないと思わせ、敢えてそこに捨てさせる」

「……自宅って……ここ？」

忍び込んできたところを取り押さえる、ということか？　だがその『罠』も充分リスキーだ。結果として慶太の自宅から凶器が発見されることになるのだから。

しかもこの部屋は既に、家宅捜索をされている。そのとき何も出てこなかったものが出てくるっていうのも不自然だ。

そう考え、問い返した俺の前で遠藤が、

「なるほど！」

と納得した声を上げる。

どこに納得したんだか、と呆れて見やった先では、遠藤が目を輝かせ慶太に俺の思いも寄らなかったことを訴えていた。

「『自宅』を捏造《ねつぞう》するんだな！」

「……え……？」

意味がさっぱりわからない。戸惑いの声を上げたのは俺ばかりで、慶太は、

「そうだ」

と笑顔で頷いている。

てことは、遠藤の返しは見当外れではなかったってことだ。俺だけが話題についていけていない。疎外感にとらわれ、唇を嚙《か》んだが、疎外感以上に俺を落ち込ませているのは、理解の悪い自分の能力の低さだった。

自分を利口と思ったことはないし、他人からも頭がいいという扱いをされたことはない。馬鹿《ばか》だという自覚はあったが、実際こうして自分の頭の悪さを見せつけられると、わかってはいても落ち込まずにはいられない。

遠藤が大卒かは知らないが、大学にいって勉強すれば、少しは頭がよくなるんだろうか。もしそうだとしたら、真面目に通うことにしようか。

真剣にそんなことを考えてしまうほどに、自己嫌悪に陥っていた俺は、慶太の真摯な声に我に返った。

「『捏造』だとわかっているのに、警察に片棒を担がせるわけにはいかないだろう？　あと

あと、アイはそこを弁護士経由で突いてくるだろう。だから君は手を引いたほうがいいと言ったんだ。わかってもらえたか？」

「………」

内容は正直、俺にはよくわかっていない。でも『捏造』という言葉と『警察』が相容《あいい》れないことは、いくら馬鹿な俺にでも理解できた。

証拠を捏造しようとしているのは有村のほうだ。だが、慶太はそれを逆手に取り有村を罠にはめようとしている。

まんまと有村が罠にかかったとして、それが『罠』と本人たちにわかった場合、警察が介入していれば確かに問題になる可能性は高い——気がする。

どうするのか。遠藤へと視線を向けると彼もまた真摯な表情を浮かべていたが、やがて、唇の端を上げるようにしてにやりと笑うと、慶太に向かい、ウインクをして寄越した。

「……だがその『捏造』は警察が介入しないかぎり成立しない。やろ？」

「………」

慶太が沈黙し、じっと遠藤を見つめる。

「まかしとき。始末書は書き慣れとるさかい」

パシッと自身のスーツの襟《えり》を叩き、遠藤が頷く。

「……お言葉に甘えさせてもらって、ええんやろか」

つられたのかはたまたわざとか。多分わざとだろう。慶太が嘘くさすぎる関西弁でそう遠藤に問いかける。

「モチのロンや」

遠藤は破顔すると、立ち上がった。慶太もまた立ち上がる。

「すぐ動かな」

「そうだな。三十分で『捏造』した自宅の手配をする。その間にソッチは小野田《おのだ》という弁護士の所在を突き止めてほしい。例の第一発見者の一人で、今、アイが頼りにしている弁護士だ。警察にも来ただろう？」

「ああ、彼か。わかった。すぐ調べる。有村には俺の部下が張り付いている。撒《ま》かれるようなことはないと信じたいが、相手が相手なだけに心配ではある」

「心配なのはアイのことだから、刑事の誰かを抱き込んでるんじゃないかってことだ。特に所轄。既に捜査の情報が流れてる可能性がある」

「え」

それはさすがに、遠藤を怒らせる発言じゃないのか。俺の心配に反し、遠藤のリアクションは、

「せやな」

という肯定だった。

「少なくとも俺の部下は信用できる。こっから先はもう、誰にも相談せんといくわ。アイ逮捕の瞬間までな」

「それがいいかもしれないな。今、情報屋が調べてくれているとは思うが、まあ、アイだからな。どこまで警察や検察に食い込んでいるかわからないし」

「……本当に…………恐ろしい男やな」

遠藤が憎々しげにそう呟く。彼の声音の厳しさにも俺は充分驚いたが、それに対する慶太の声音にも驚かされた。

「……ああ。恐ろしい男や」

慶太の声もまた、酷く寒々としていた。こんな慶太は見たことがない。思わず顔を凝視すると、慶太は我に返った表情となり、俺の肩に腕を回してきた。

「大丈夫だ。ミオのことは何があっても俺が守る。あの悪魔から」

「悪魔……」

外見は天使のようだったのに。そのギャップから呟いた俺の言葉を遠藤が拾う。

「せや。悪魔や。あの男は」

「君も酷い目に遭ったのか？」

遠藤に慶太が問いかけると、遠藤は「ああ」と頷いたが、それだけで留《とど》めてしまった。

「遠藤さん、友達を有村に殺されちゃったんだって」

俺とミトモが聞いた話をここで慶太に伝えようと思ったことに、深い意図はなかった。そういや慶太も友人が有村のせいで不幸な目に遭ったという話をしていたと、それを思い出したという理由からだったのだが、俺の言葉を聞き慶太は酷く驚いた顔になった。

「そう……だったのか？」

問いかけた先、遠藤が「せや」と苦笑めいた笑みを浮かべ頷く。

「もしや……」

慶太は遠藤に何か問おうとしたが、遠藤が、

「え？」

と問い返すとすぐさま、

「いや、なんでもない」

と微笑み首を横に振った。

「？」

慶太にしては珍しい。どうしたのかな、と不思議に思ったが、その疑問を追及している暇はなかった。

「ほな、行くわ」

遠藤が笑顔で右手を振り、事務所を出ていく。

「ああ、またあとで」

慶太もそう言うと、やにわに俺へと視線を向けこう告げた。

「俺らも行くぞ」

「ど、どこに？」

一つとして行き先を思いつかないことがまた情けない。落ち込みながらも問いかけた俺の肩を抱くと慶太は、さも自明のことを告げるかのような口調で一言、

「ミトモの店だ」

と言い、俺が何を言うより前に遠藤のあとを追う勢いで、事務所を出るべくドアへと向かっていったのだった。

7

慶太がミトモの店に向かったその理由は、『偽の自宅』を用意してもらうためだった。

「どっかないかな。それらしいアパート」

「慶太、あなたね。そんなこと急に言われたって、はい、これどうぞってすぐ出せるわけないでしょ」

ミトモは最初そんなことを言っていたが、慶太が、

「三十分で頼む」

と告げると、それ以上の悪態をつくことはなく「わかったわ」と頷き、すぐさま携帯電話を取り出したかと思うとどこかにかけ始めた。

会話は一分もかからないうちに終わり、通話の最中メモを取っていたミトモはそのメモを慶太にすっと差し出した。

「この部屋ならすぐ使えるわ」

「助かる。ミトモ」

ありがとう、と慶太がウインクし、メモを受けとる。

「ああ、それから、アイに殺されたっていう、遠藤の友人が誰《だれ》かわかったわ」

ミトモはそう言うと胸元から一枚のメモを取り出し、それもまたすっと慶太に差し出した。

「……中、見んでもわかる気がするけど」

慶太が苦笑し、メモを受け取る。

「なにその嘘くさい関西弁。遠藤刑事のが感染《うつ》ったの？」

呆れるミトモに対し、慶太は「まあな」と苦笑してから、ふと思いついたように、

「あの手の顔はお前の好みじゃなかったか？」

と問いかけた。

「まあ、悪くはないけど、あの関西弁がいただけないわ」

めっちゃ苛《いら》つく、と吐き捨てたあと、なぜかミトモは、はっとした顔になった。

「慶太……」

切なげ、としかいいようのない口調でミトモは慶太の名を呼び、彼の腕を摑《つか》んだ。

「ありがとな」

慶太は再度微笑み、己の腕を摑むミトモの手をぽんぽんと叩くと、ほら、というようにその手を外させた。

「もう、行っても大丈夫か？」

ミトモに何も言わせぬ勢いで慶太が問うと、ミトモは何か言いたげにしながらも、

「大丈夫よ」

と頷いてみせた。

「サンキュ。そしたらミオと向かわせてもらうわ」

「…………気をつけて」

ミトモは何かを言うのを逡巡《しゅんじゅん》していた。結局言わないほうを選び、笑顔で送り出してくれた彼のことが気になり、店を出てから俺は慶太に、

「ミトモ、どうしたの？」

と問わずにはいられなかった。

「……ミトモは……」

慶太は言葉を選ぶようにして一瞬口を閉ざしたが、すぐに笑顔になると、

「他人《ひと》の心の痛みを自分のことのように感じるナイスガイなのさ」

と俺に向かい頷いてみせた。

「『他人』とかは、言わないほうがいいんじゃないの？」

少なくとも俺が言われたら傷つく。そう思ったが故に告げた俺を前に、慶太は酷く驚いた顔になった。

「お前がミトモを気遣うなんてな」

確かにミトモとは『犬猿の仲』といってもいい間柄だから、驚かれるのはわかる。自分でも自分の発言に驚いているくらいなのだが、なぜか今はそう言わずにはいられなかったのだ

った。

「別に気遣ってなんかないけど」

「ミトモにあとで言っとくよ。ミオがお前を庇ってたってな」

「庇ってなんかないし。気遣ってもないし」

言い争いながら車に乗り込み、ミトモが渡してくれたメモの住所へと向かうべく、店の前に停めておいた車に乗り込む。

「ねえ、慶太」

「なんだ？」

気になっていたことはある。それがあったからこそ俺は、いつになくミトモを思いやるような発言をしてしまったんじゃないかなと思うのだが、いざ、慶太にそれを聞こうとすると躊躇《ためら》いが先に立った。

「あの……そう、仕事の段取りについて、おさらいしてもいいかな」

それで誤魔化してしまったのだが、俺が慶太に聞きたかったのは、ミトモが何に気づいたか、ということだった。

慶太の心の痛みを感じ取ったというミトモ。慶太の心の痛みって一体なんなんだ？　本人に聞いてみたい。でも聞くのは悪い気がする。慶太自身が話そうとしてくれたのならいいが、無理強いはしないほうがいい。しちゃいけない。そうは思うが、ミトモは知ってるのに俺が知らないという現状には、悔しい、というより少々落ち込んだ。

仕方ないじゃないか。ミトモと慶太の付き合いは、俺より数十年長いのだ。数十年はオーバーだけど、対抗できないくらいに長い、というのは間違いない。

だからミトモが俺の知らない慶太を数十倍知っているのは、仕方がないことだ。頭では勿論、そんなことは理解できているが、感情的に納得ができなかった。

ミトモに限らず、俺の知らない慶太を知っている人間には嫉妬せずにはいられない。だから当然アイこと有村にも嫉妬した。

今まで顔を合わせたことはないけど、慶太の友人知人にも、そして彼の親戚《しんせき》や家族にもきっと、嫉妬してしまうだろう。だがそんな醜い嫉妬心を慶太本人には悟らせたくない。きっと呆れられるから。嫌われてしまう可能性だってある。だから俺は今回もミトモへの嫉妬を隠したのだが、当然といおうか慶太にはお見通しのようだった。

苦笑するようにして微笑まれたことでそうと察し、バツの悪さから俯《うつむ》いた俺の耳に慶太の声が響く。

「これから向かうアパートでは、ミオは特に何もすることはない。普段の『生活』をしていればいい。きっと向こうから仕掛けてくるだろうから、仕掛けられたら奴らの狙《ねら》い通りに家を空ける。な？　簡単だろ？」

「うん。失敗しようがないくらい簡単だ……けど……」

本来なら俺は、この作戦に関しては蚊帳《かや》の外に置かれる予定だった。それを無理を言い、まぜてもらっただけに文句など言えるわけもない。

だが、ただ『待つ』という今回の作戦にはどうしても不安を覚えてしまう。それで言葉を濁した俺は、運転席から伸びてきた慶太の手で髪をくしゃ、とかきまぜられ、俯いていた顔を上げた。

「心配はいらない。ミトモもいい働きをしてくれたが遠藤もきっとうまくやってくれるに違いない。俺たちもいつもどおり『いい働き』をすればいいのさ」

「……うん」

慶太が気を遣ってくれている。きっとそれどころではないだろうに。申し訳ない気持ちが募り俺は思わず詫《わ》びそうになった。が、詫びれば尚更慶太は気を遣うだろうとわかったので頷くに留め、他に話題を振った。

「もし、有村が自分で行動を起こさなかったらどうなるの？　小野田だっけ？　あの弁護士にやらせたら、有村まで到達しないってことはない？」

「弁護士のほうは別件で抑えているから大丈夫だ。まあ別件といってもアイ絡みではあるんだが、奴も犯罪すれすれのことをやらされてきたからな。叩けばいくらでも埃《ほこり》が出てしまうのさ」

「……どうしてみんな、アイの思うがままに動いてしまうの？　アイはそれほど魅力的ってことなの？」

まずそこがわからない。確かに彼は天使の外見を持つ男だ。でも外見だけでそれほどまでに人の心を捕らえることができるんだろうか。

俺の疑問に慶太は、

「ま、人によるんだろうが」

と断りを入れつつ彼の見解を教えてくれた。

「アイはとにかく、上手《うま》いんだ。人の心を掴むのが。彼にとって容姿は武器の一つではあるが全《すべ》てじゃない。どちらかというと容姿より心を読むことに長《た》けている、その能力のほうが大きいんじゃないか」

「心を……読む」

美貌《びぼう》よりもそっちが有効だというのは驚きだった。

「具体的にはどんな感じなの？」

想像がつかず尋ねると慶太は「そうだな」と少し考える素振りをしたあと、俺の問いに答えてくれた。

「たとえば、正義感の強い男にはその正義感を煽《あお》るように自分が何かトラブルに巻き込まれているフリをし接近を図る。小心者を相手にするときには先に相手の弱みを握った上で上からいく。悩みを抱えている相手には共感を覚えているふうを装い、自信満々の相手には心酔している演技をする。あらゆるタイプの相手に対応可能な柔軟性と、瞬時にして相手の人柄を見抜くすぐれた洞察力。奴にかかればどんな人間でもイチコロだ。心を許したところで奴は牙《きば》を剝《む》く。そして相手をしゃぶれるだけしゃぶり尽くす。被害者はおそらく、両手両足の指を足しても足りないくらいにいるよ」

「………なんかすごいね」

天使の顔を持つ悪魔——その言葉が頭に浮かぶ。

今回、殺害された佐藤もまたその被害者の一人だった。しかも彼は命まで失っている。『命まで』でふと、思い出した。慶太もまた友人を有村に殺されているという話だった。そのことも詳しく聞きたいとは思ったが、慶太にとっては触れられたくないことかもしれないし、何より今は作戦を間違いなく遂行することに意識を集中させなければならない。

あとで、もし聞けるようなら聞いてみよう。実際、先延ばしにしようとしたのは聞いた結果、慶太に教えたくないと言われたらショックだろうなと、それを恐れていたに過ぎない。

そのことを悟られるのはできれば避けたい、と、俺はさりげなく話題を変えた。

「俺たちは普通に過ごしていればいいんだよね」

「ああ。アイは焦ってる。すぐにも行動を起こすだろうから、奴の狙いどおり動けばいい。頼むな、ミオ」

慶太は多分、俺の気持ちに気づいていたのだろう。敢えて気づかぬふりをしてくれたんじ

ゃないかと思う。笑顔を向けてきた彼に俺は心の中で礼を言うと、

「任せて！」

と胸を張ってみせたのだった。


四谷三丁目にあるアパートに到着して驚いた。表札には俺の名があり、部屋に入るとこれでもかというほど『同棲中《どうせい》』ということがわかる仕様になっている。

慶太が捏造するといった『自宅』は俺の自宅だったのか、と納得しつつ室内を見渡した俺は、電話の上のボードに俺と慶太のツーショ写真が幾枚も貼られていることに、さすが、と息を呑んだ。

その後、やるべきことを素早くすませた俺たちは、誰の部屋かわからぬその部屋のソファで寛《くつろ》いだ。

「ミトモってすごいな」

心底感心したあまり、その言葉が俺の口から漏《も》れる。

「伊達《だて》に『二丁目のヌシ』と呼ばれているわけじゃないだろ」

慶太はそう言うと俺に、おいで、というように手招きをし窓辺に立った。窓のカーテンは

開いていて、きっと外からは俺と慶太がいちゃついているところがよく見えているに違いない。

果たしてもう『見られている』かはわからないが、見られているのだとしたら遠慮なく見せつけてやりましょう。俺は慶太に駆け寄り、彼に抱きついていった。

「ん……っ」

熱烈なキスを交わしながら彼の背をきつく抱き締める。もしかしたら他人に見られているかもしれないと思うと殊更、燃えた。

いっそここでセックスしちゃおうか。目を開き慶太を誘う。

「…………」

慶太がにや、と笑い頷いたかと思うと、俺の尻《しり》をぎゅっと摑む。

「やぁ……っ」

さすがに声までは拾われていないだろうに、いつも以上に俺の声は高く、そして甘えたものになっていた。

人に見られているから燃えるだなんて、変態か。羞恥《しゅうち》を覚えると同時により昂《たか》まりを覚える自分に、更に羞恥を覚えてしまう。

恥ずかしく思いながらも俺は、自分でもびっくりするほど大胆な行動に出た。自ら服を脱ごうとシャツのボタンを外し始めたのだ。

慶太もまた、俺の穿《は》いていたジーンズのファスナーを下ろし、下肢を裸に剝こうとする。と、そのときいきなり携帯の着信音が響いたものだから、俺と慶太は互いに目を見交わしあったあと、きたか、と身体《からだ》を離した。

「もしもし？」

鳴ったのは慶太の携帯だった。応対に出た彼の声は緊張していたが、無論演技だ。

『慶太、話があるんだ。ちょっと出てこられる？』

スピーカーホンにしていた電話の向こうから響いてきたのは有村の声だった。

「…………お前…………」

慶太が何かを言いかけ、口を閉ざす。

『ああ、そうだ。慶太の新しい恋人も一緒に来てもらえるかな？　望月君雄《もちづききみお》君。彼、大きな会社の社長の息子なんだってね』

「よせ。ミオには関係ない」

慶太が焦った声を出す。これも勿論演技だ。

『関係の有無を決めるのは慶太じゃないよ』

有村は笑いを含んだ声でそう言うと、

『この先は慶太の事務所で話をしよう。望月君も一緒に……ね』

と告げ、電話を切ってしまった。

「おい……っ！」

慶太が焦った声を上げる。暫《しば》し呆然《ぼうぜん》としてみせた彼の演技は完璧だった。頭を抱え、俺を見る。

「慶太……っ」

俺も負けちゃいられない、と不安そうに慶太に縋《すが》った。

「……事務所に行こう」

慶太が思い詰めた声を出す。が、彼の目はしっかり、笑っていた。

「……うん……」

頷く俺もまた、笑いそうになるのを必死に堪《こら》えていた。

「施錠はするべきだよね」

「しないほうが不自然だからな」

慶太とくすくす笑いながら部屋を出、ドアに鍵をかける。

「さて、走るぞ」

焦っていることを示すために。

目で語る慶太に俺もまた目で返事をし、二人して全力疾走する勢いで駐車場へと向かったのだった。

事務所にはすぐに到着したが、有村はなかなか姿を現さなかった。きっとあれこれ準備をしているんだろう。推察できるだけに俺も慶太もつい笑いそうになったが、どこに誰の目があるかわからないと真剣な顔をし俯いていた。

有村がやってきたのは、俺たちが事務所に戻ってから三十分ほどしてからだった。

「こんにちは」

にっこり。まさに天使の微笑みを浮かべながら慶太へと近づいていく有村を俺は、ある種の驚きをもって見つめていた。

有村がどういった男であるかということは、慶太から聞いてよく知っているはずだった。だが実際、慶太から聞いたとおりの人物像を目の当《ま》たりにすると、そのあまりの迫力に演技ではなく俺は言葉を失ってしまっていた。

「慶太、釈放されたんだ。よかったね。心配してたんだ。刑事になんて言ったの？　無実を主張したの？」

有村が慶太の目を覗き込むようにして問いかける。慶太は無言のまま有村を取り殺しそうな勢いで睨んでいた。

「なかなか釈放されなかったのはアリバイが証明できなかったからなんでしょう？　釈放さ

れたのは証拠不十分だったから……ってところかな？」

有村の声も顔もそれは魅惑的ではあるのだが、それだけに底知れぬ恐ろしさを感じた。それで俺は思わずごくり、と唾《つば》を飲み込んでしまったのだが、途端に彼の視線が俺へと移ったかと思うと、にっこり、と微笑まれてしまった。

「そんなに怖がらないでよ。『ミオ』」

有村が慶太と同じように俺に呼びかける。

「……おいっ」

次の瞬間、慶太が顔色を変え、有村の襟首を摑んだ。

「苦しいよ、慶太」

締め上げられているというのに、有村は少しも動揺していなかった。へらへらと笑いながら自身の胸倉を摑む慶太の腕に手を添え、にっこり、とそれは優雅に微笑んでみせる。

「こんな、暴力ふるうことなんてして、愛する『ミオ』を悲しませたくないでしょう？」

「……っ」

慶太が息を呑んだ直後に、忌々《いまいま》しげに舌打ちし、有村のシャツを離した。

「慶太……」

俺はちゃんと『演技』ができているだろうか。ここは慶太を心配し、ただおろおろとする場面だ。

だが演技せずとも俺は今、有村の迫力に押され、本気でおろおろとしてしまっていた。

「…………」

慶太が俺をちらと見たあと、厳しい目で有村を睨み付け口を開く。

「……脅す気か？」

「怖いなあ。睨まないでよ」

有村が大仰に怖がってみせてから、また、花のように美しく微笑んだ。

「脅すなんて、人聞きが悪い。ただ、多分慶太は、運命には逆らわないんじゃないかと思うんだよね。『ミオ』が可愛《かわい》くてたまらないんだろ？　不幸にはしたくないよねえ」

「…………」

慶太が悔しげに唇を噛む。それに乗じ、有村は勝ち誇ったかのような表情で言葉を続けた。

「慶太は何もしなくていい。ただ運命を受け入れてくれれば」

「……どういうことだ？」

慶太が眉を顰《ひそ》め問い返す。憤りを抑えきれない中、畏怖《いふ》の念を抱《いだ》かずにはいられないでいる演技が本当に巧みだ、と心底感心していた俺は、自分がしなければならない演技を忘れていたことに気づき、いけない、と心の中で首を竦《すく》めた。

「言葉どおりだよ。僕はこれで失礼するね。もうすぐ弁護士の小野田さんがここに来るから、今後の相談は彼としてもらえる？」

それじゃね、と、慶太と俺に笑顔を振りまきながら、有村は事務所を出ていった。

「…………」

「…………」

慶太と二人して思わず顔を見合わせる。目が合った途端笑いそうになったが、万が一有村が外で聞き耳を立てているかもしれないと思い、ぐっと堪えた。

「……慶太……」

さも心配しているふうを装い、彼の名を呼ぶ。

「大丈夫だ。ミオ」

慶太がやたらと思い詰めた声でそう告げた次の瞬間、事務所のドアがノックされた。

「……誰だ？」

慶太が問いはしたが、来訪者が誰かという予想は軽くついていた。

「失礼します」

ドアを開き登場したのは予想どおりの男だった。

小野田弁護士——俺が警察で見かけた、いかにもな法曹を地で行く弁護士だ。

彼もまた有村の毒牙《どくが》にかかった一人なんだろう。このままだとせっかくとった弁護士の資格を剝奪《はくだつ》されかねないんじゃなかろうか。

本当に有村という男は罪作りだな、と思いながら俺は、端整な小野田の顔を見やった。

「……なんの用だ？」

慶太は相変わらず完璧な演技を披露していた。俺も負けていられない、と不安そうな表情を作る。

「先日は失礼しました。あれからお気持ちが変わったのではと思いまして」

「…………変えろ、ということか？」

慶太が押し殺した声で問いかける。

「いえ、強制はしません。ただ、有村さんとの面談を経てお気持ちが変わられたんじゃないかなと思いましてね」

小野田は対応もまた、顔同様端整だった。感情のこもらない声でそう告げ、じっと慶太を見つめつつ言葉を続ける。

「なに、私はあなたの役に立ちたいのです。今回は起訴は免れましたが、またいつ逮捕、起訴されるかはわかりません。そうなった場合、私はあなたの役に立てる。そういった状況に陥ったときにはどうか、この間のような拒絶はしないでいただきたいですね」

そう言い、にっこりと微笑む小野田を前に慶太は何を言うこともなく、ただ彼を睨み付けていた。

「警察の取り調べではどんなことを聞かれ、どう答えました？」

慶太の反応などお構いなしとばかりに小野田が問いかける。

「あなたが最有力な容疑者であることはこちらの調査でもわかっています。事件当夜のあなたの足取り、お知らせください。きっとまた警察に聞かれることになるはずですから」

「…………」

慶太は今、取り殺しそうな勢いで小野田を睨んでいた。だが小野田はやはり、動じることなく淡々と言葉を発し続けた。

「あの日――佐藤さんが殺害された日、佐藤さんの家を出たあとあなたはどこに行ったんですか？　この事務所兼自宅ではないですよね。もしや恋人であるそちらの望月さんの家にいらしたのでは？」

「……それが……どうした」

ここでようやく慶太が声を発した。掠《かす》れたその声にはこれでもかというほど緊迫感が溢《あふ》れており、やはり慶太は役者だ、と俺は心底感心してしまった。

「やはりそうだったんですね」

にっこり。またも小野田が晴れやかに微笑む。

「気持ちはわかります。大それたことをしてしまったそのあとには、安堵《あんど》を求めて恋しい人のもとに向かう。そうした心境だったのでしょう？」

「……大それたことってなんだ」

慶太がはっとした顔になり、小野田に詰め寄る。

「わかっていますから」

小野田は慶太をはぐらかすようなことを言うと、三度《みたび》にっこり、と微笑んでみせた。

「安心してください。私はあなたの味方です」

「……敵も味方もないだろう」

慶太が苦虫を噛み潰《つぶ》したような声で呟《つぶや》く。

「いえ、私はあなたの味方です」

小野田がきっぱりとそう言いきり、大きく頷いてみせる。

「あなたにとって悪いようにはしません。ご安心ください」

「……悪いようにしないっていうのは、罪を認めた上で減刑に持ち込むっていうことなんだろう？」

鬼気迫る。慶太の表情はまさにそんな感じだった。これを演技と見抜くことはおそらくできないだろう。ただただ圧倒されていた俺の目の前で、小野田が当然、というように頷いてみせる。

「悪いようにはしませんよ。あなたが守りたいと思っているものは私が確実に守ってみせます。ええ、それはお約束致しますよ」

「…………俺が……守りたい、もの……」

どこか唖然《あぜん》とした表情を浮かべつつ、慶太が俺を見る。

「……慶太……っ」

簡単な打ち合わせはしていた。俺はただ、おろおろしていればいいというだけのはずだったが、演技に違いないとわかっていながらも俺は、慶太の眼差しを受け、感じ入らずにはいられなかった。

守りたい——命に代えても彼だけは。

慶太の眼差しはそう物語っていた。胸が熱く滾《たぎ》り、目には涙が滲《にじ》んできてしまう。

馬鹿みたいだ。演技に違いないのに。頭ではわかっていても、感動する気持ちは抑えることができなかった。

「……わかった。具体的には俺は何をすればいいんだ？」

慶太が小野田に向かい問いかけている。

「わかってもらえると思っていました」

嬉々《きき》として慶太にそう告げる小野田を俺は、作戦は確実に成功したという安堵感を胸に見つめていた。

8

小野田との打ち合わせは小一時間続いた。

「それでは、何かあれば私にご連絡ください」

お待ちしていますよと余裕の笑みを浮かべ、小野田が事務所を出ていったあと、俺と慶太はやれやれ、と顔を見合わせた。

「この一時間で敵はすべて仕込んだ、というわけだね」

確認をとると慶太は「おそらく」と微笑み、頷いてみせた。

「どうしよう。帰る？　それともここにいる？」

「ここにいよう。おそらく奴らの行動は迅速に違いない。凶器を仕込んだあとすぐさま警察に通報、そして再逮捕――となるようにな」

慶太がそう告げたあとに、

「おいで」

と右手を差し出してくる。

「……まさか……」

『奴らの行動は迅速』『再逮捕』なんて言ってたくせに、と呆れながらも拒絶する気はなく、慶太の胸に倒れ込む。

「ん……っ」

最初から唇を貪《むさぼ》られるような獰猛《どうもう》なキスをされ、一瞬戸惑ったものの、俺もすぐその気になった。慶太に縋り付き舌をきつく絡めてくる彼とのくちづけに没頭する。

ぴたりと合わせた身体は早くも汗ばんできてしまっていた。自分の腹の辺りに慶太の雄の熱と硬くなったその感触がしっかり伝わってくる。

それだけで更に身体は熱くなり、鼓動が高鳴ってきてしまった。俺の雄も形を成してきたのでそれを伝えようと下肢をわざと慶太の太腿《ふともも》に押し当てる。

唇を合わせたまま慶太が笑い、俺の背を抱き締めていた右手をすっと下ろす。

「あ……っ」

尻をぎゅっと摑まれ、ジーンズ越しに割れ目を指で抉《えぐ》られた俺の口から、高い声が漏れたそのとき、インターホンのチャイムの直後、ダンダンと激しく事務所のドアをノックする音が響き、俺と慶太は抱き合ったまま顔を見合わせ思わず溜め息を漏らしてしまった。

「早すぎだろ」

俺の背から腕を解きつつ、慶太がぼそりと呟く。

「俺、勃《とが》ってるんだけど」

口を尖らせた俺の頭を、慶太がぽんと叩く。

「大丈夫、バレやしないさ」

「だといいけど」

溜め息を漏らしながらも俺はつい、慶太を恨みがましく睨んでしまった。

「なんだ？」

「……てかなんでいきなり、始めるんだよ。こうなること、予測してたんだろ？」

「そりゃミオがしたそうな顔してたからさ」

パチ、と慶太がウインクしてみせたあと、来訪者を迎えるべくドアへと向かっていく。

「嘘だね」

まったくもう、と口を尖らせてしまった俺だが、慶太がドアを開いた途端、遠藤を先頭にぞろぞろと数名の強面《こわもて》の男たちが焦った様子で乗り込んできたのを目の当たりにし、緊張感を高めねば、とすぐさま気持ちを引き締めた。

「……なんの用ですか」

慶太の演技は相変わらず素晴らしかった。緊迫した表情を浮かべ、遠藤を見返す。慶太も演技派だったが、遠藤もまた、役者だった。

「秋山慶太。佐藤幹彦《みきひこ》さん殺害の件で聞きたいことがある。署まで同行してもらうよって」

他の刑事の目があるからこその名演技――というだけではなかった。遠藤が自身の演技を見せたいのは、刑事たちの後ろからおずおずと顔を覗かせた有村に対してだということは、彼が姿を現すより前から俺も、そして慶太も察していた。

しかしよくこの場に呼び出せたものだ。どんな手を使ったのだろう。慶太と目を見交わしたくなるのを堪え、彼の登場に驚いたふりをする。

「てめえ……っ」

憤りのままに摑みかかろうとしたのは演技ではあったが、胸くそ悪いことにかわりはなかったので我ながらいい芝居ができた。

「よせ、ミオ」

慶太が焦った様子で俺を抱き止める。

「聞きたいことってなんです？　俺は証拠不十分で釈放されたんでしょう？」

慶太が青ざめた顔で問いを発し、遠藤を、続いて有村を見やる。有村を見るときの慶太の目の中には怯《おび》えの表情があり、もう完璧だよな、と俺はただただ感心していた。

「その証拠が出てきたんや」

遠藤が凄《すご》みのある声を上げ、一歩慶太に近づく。

「……え……」

呆然とする慶太に遠藤は更に一歩近づくと、厳しい顔で彼を見据え、どうだ、とばかりにこう言い放った。

「これ以上はないほどの『証拠の品』が見つかったんや。そう、凶器や。お前の指紋がついた凶器やぞ。一体どこから出てきた思う?」

「……っ」

慶太が絶句する、そのすぐ傍《そば》で有村ははらはらした様子でいたが、彼の目が笑っていることに俺はしっかり気づいていた。

遠藤が更に厳しい目つきとなり、慶太を睨《ね》め付けながら口を開く。

「お前の恋人の——そこにおる、望月君雄のアパートからや」

「………そん……な……」

それを聞き、慶太はがっくりと肩を落とした。

「そんな馬鹿な!!」

ここは声を張り上げていいところだ。だってあるはずのないものが出てきたんだから。よし、と大声を上げた俺は、慶太に名を呼ばれ、はっとして口を閉ざした。

「ミオ、よせ。何も言うな」

「……慶太……」

既に打ち合わせ済みとはいえ、慶太にこんなふうに諌《いさ》められるのはあまり面白いもんじゃない。

普段、慶太は滅多に俺を怒らないだけに、この機会に乗じて普段言えない注意を促そうとしていたとしたらちょっとやりきれない。そのくらい熱のこもった演技をする彼に対し、おかげで俺もまた素で反発することができた。

「なんだよ。慶太、なんでそんなこと、言うんだよっ」

「余計なことは言うなって言ってるんだ。俺の言うことが聞けないのか？」

「ともかく、話は署で聞くさかい。ほな、行こか」

遠藤が慶太の腕を摑み、促そうとする。

「………慶太………」

と、そのとき、一連の出来事を呆然とした様子で見ていた有村が口を開いた。

「僕は……僕は、佐藤にストーカー行為をされて困っている、と相談はしたけど、殺してなんて頼んでないよ。でも……でも、慶太を凶行に駆り立てたのは、僕が相談を持ちかけたからだよね。責任、感じてる。本当にごめん……ごめん、慶太」

言いながら有村がはらはらと涙を流す。煌《きら》めく瞳《ひとみ》。真珠の涙が滑《すべ》らかな白い頰《ほお》を伝って流れ落ちる。

有村は腹黒な野郎だが、この見た目では気づく人間は一割もいないに違いない。皆無といってもいいかも、と俺は、遠藤の背後に控える警察官の同情的な眼差しを見やり、やれやれ、と溜め息をついた。

「僕……僕、なんでもするから。そうだ、弁護士。弁護士を紹介する。小野田さんて有能な人。減刑してもらえるよう、よぉく頼んでおくから。そのくらいしか……僕にはできないけれど……」

　ここで有村が、う、と言葉に詰まり、両手に顔を埋め、泣きじゃくる。きっと彼の目からはもう、涙なんて出ていないに違いない。しゃくり上げながらもきっと、その手の下の顔は笑っているんだぜ、と心の中で悪態をついた俺は、遠藤に話しかけられ、意識を彼へと向けた。

「望月君雄君。君の部屋から凶器が出てきた。君にも事情を聞きたいさかい、署まで来てもらえるか？」

　さあ、いよいよ出番だ。かまないようにしなくては。まずは落ち着いて、と、俺はふう、と息を吐き出すと改めて遠藤に向き直った。

「さっきから気になってるんだけど俺の部屋ってなんのこと？」

「とぼける気ィか？」

　遠藤が俺を取り殺しそうな目で睨み付ける。が、そろそろ種明かしというときだからか、今までの完璧な演技に比べ、少々大仰な気がした。

　まあ、気持ちはわかるけど。しかしこんな大役が自分に舞い込んでくるとは思わなかった。ちゃんとやらなきゃ。上擦《うわず》りそうになる声を出さぬようまたもごくりと唾を飲み込んでから俺は、有村に衝撃を与えるべく予定されていた一言を告げた。

「俺、この事務所に慶太と住んでるんだけど」

「なんやてぇ？」

今度こそ、わざとらしすぎるだろう。ほら、もう笑っちゃっている。もう、詰めが甘いよ、と俺は遠藤を睨んでから、視線を有村へと向けつつ言葉を続けた。

「だからァ。俺の部屋はココなんだって。ココの家宅捜索はもうしたよね？　なんも出てこなかったはずだけど、一体どこ探して凶器見つけたっていうんだよ？」

「………」

俺の言葉を聞くうちに、有村の顔が険しくなっていった。小気味がいいぜ、と笑いそうになりながら、尚も遠藤を問い詰める。

「それとも凶器が出てきたのはココじゃないの？　ねえ、一体どこから凶器は出てきたの？教えてよ、遠藤刑事！」

「そ、それは……っ」

まさにわざとらしい。でもこれはきっとわざとだ。遠藤を見やると彼はもう、演技を放棄したらしく、にや、と笑い、視線を有村に向けた。

「お、俺はとんでもない勘違いをしてもうたんか……？　しかし、勘違いやとしたらおかしかないか？　まるで無関係な部屋から凶器が出たということになるな。しかも俺はこの勘違いを一人にしか明かしてへん。その一人、いうんが……」

「……………」

お前だ、というように視線を向けられた先、有村の顔がみるみるうちに変貌していく。

「せや。秋山慶太の潜伏先としてあのアパートを俺が『うっかり』漏らしてしもたんは、有村愛輝さん、あんたにだけや」

「…………………」

遠藤が声を張り上げる。彼の眼差しも声音もそれは厳しいものだったが、有村もまた遠藤以上に厳しい目で彼を見返していた。と、遠藤が有村からすっと目を逸《そ》らし、俺へと視線を向ける。

「ほんまに四谷三丁目にあるアパートは、望月君の部屋やないんやな？」

「違うよ」

このやりとりも打ち合わせどおりだ。有村の身体がぴく、と動くのを横目に俺は緊迫した空気の中、遠藤と会話を続けていった。

「一度も行ったことないか？」

「一回ある。慶太と」

ちらと見やった先、有村の頰に一瞬、しめた、というような笑いが浮かんだのがわかった。だがその笑みもこれで引っ込むだろう、と遠藤からの問いを待つ。

「秋山慶太も足を踏み入れたことがある、いうんやね」

「ああ。でもどんなに探しても俺のも慶太のも、指紋は出ないと思うよ。ずっと手袋してたから」

「なんやて？」

またも大仰な驚きようだ。これはわざとじゃなくて、もしかしたら遠藤は演技過多なタイプなのかもしれない。

しかしわざとらしいな、と笑いそうになるのを堪え、彼の問いに答える。

「手袋やて？　なんでそんなもん、はめとったん？」

「作業しに行ったから」

「なんの作業や？」

遠藤がまた、わざとらしくボケてみせる。今度こそ噴き出しかけたが、いけない、と気合いを入れると俺は、敢えて狙った『さらりと』した口調で答えを返したのだった。

「あの部屋の人に頼まれて、監視カメラを仕込みに行ったんだよ。最近、空き巣被害に遭ったからって」

「……監視……カメラ……」

ぽつり、と有村が呟く。が、有村自身、意識していなかったらしく、自分の声ではっとした顔になると唇を噛み、遠藤を、そして俺を睨んだ。

「監視カメラか……ちなみに今日の映像は勿論、録画しとるんやろな？」

「勿論」

言いながら俺は事務所の机の上にあるパソコンへと向かい、ソフトを起動した。

「ここで観られるよ」

「ほな、観せてもらおか。せやな、ここ二時間ほどの映像がええかな」

遠藤が大股《おおまた》で俺のデスクへと向かってくる。

「……はめたな……？」

と、そのとき、押し殺したような声が有村の唇から漏れた。ドスの利いた、とでもいおうか、迫力あるその声音が彼の、天使の見た目とあまりにギャップがありすぎて、思わず顔を見る。

「……っ」

有村は今や、完全にいつもの、庇護欲《ひごよく》をそそられるような美しくも可憐《かれん》な仮面を脱ぎ捨てていた。

悪鬼のごとく、という言葉が頭に浮かぶ。有村の顔はまさに、鬼、そのものだった。美しくないかといわれれば、顔立ちが整っていることは間違いないのだが、そこには一欠片《ひとかけら》の『美』もなかった。

人の悪感情はこうも醜悪なものなのか。それを目の当たりにし、言葉を失っていた俺の前で、有村が呪詛《じゅそ》を吐くかのように声を発していった。

「警察がそんな、人を騙《だま》すようなことをしていいのか？　そんな不当なことをして得られた映像、証拠としての役割を持つと、本気で思ってるのか？」

「思うとりますよ。動かぬ証拠やて」

対する遠藤は、様子の変わった有村を見ても少しも動揺していなかった。動揺どころか彼もまた迫力を増し、こちらもまた総毛立つような迫力ある笑みを浮かべ有村を見返している。

「……それなら正直に言いましょう。僕は慶太に頼まれてあのアパートに凶器を隠しに行ったんです」

有村は自棄《やけ》になっていたのだと思う。胸を張り言い捨てはしたが、彼の目は血走っており、少しの余裕も感じられなかった。

「ありえません。秋山慶太は我々がずっと見張っとりましたから」

遠藤が淡々と返す。

「電話で頼まれたんです」

「通信会社のデータには残っておりませんな。秋山さんがあなたにかけた電話もメールも」

「今日ではなく、以前会ったときに……っ」

「いつ会ったのです？　釈放後、我々はずっと秋山さんを張ってましたけどあなたの姿はどこでも見かけませんでしたが？」

「…………嘘だ……警察は僕をはめようとしているんだ……」

有村は今、はっきりと遠藤に追い詰められていた。

「なんとか言ってよ、慶太。慶太が殺したんだよね？　僕のために、慶太が殺してくれたんだよね？」

その有村が救いを求めたのは慶太だった。俺をネタにした脅しがまだ有効と思っているのだろう。その希望を打ち砕くべく、俺は、

「あのさ、言い忘れてたんだけど」

と口を開いた。

「俺と慶太の仲って、親公認なんだ。俺と慶太が恋人同士ってことも、俺が慶太の仕事手伝ってるってことも家族公認だから。今更親父《おやじ》にそれ言ったところで『それが何か？』って言われるのがオチだよ」

脅迫材料など最初からないのだ、と思い知らせてやった俺を見る有村の目は、今まで以上に恐ろしい光を湛《たた》えていた。

「……騙したな……っ」

本当に同一人物の声か、と思わせるしゃがれ声を上げたかと思うと俺に駆け寄ってくる。殴られるのか、と身構えていた俺の前で慶太が動いた。有村の腕を摑み足を止めさせたのだ。

「慶太っ」

有村は慶太を見やったあと、ああ、と何か思いついた顔になった。

「警察と随分仲良くしてるようだけど、よくできるよね。警察は知ってるの？　慶太の裏の

仕事のこと」

邪悪な顔で微笑む有村を見て、俺は一瞬、動揺してしまった。

そうだ。有村は慶太の裏の仕事について知っていた。慶太はどう返すのか。思わず彼に注目する。

『仕返し屋』の仕事は確かに他人のために尽力するものだ。が、合法かとなると、詐欺《さぎ》といわれれば違うと言い切れない行為をしていることもまた、事実だった。

当然ながら慶太の『裏の仕事』については遠藤には明かしていない。ここで明かされ、慶太もまた逮捕の憂き目に遭うのか。

どうしよう——顔に不安を出しては駄目だ。これじゃ有村の言っていることが事実だと認めていることになる。咄嗟にそれに気づき、表情を作ろうとしたそのとき、慶太の明るい声が室内に響いた。

「なんのことを言ってるんだか。それこそ事実無根で、証拠の一つもないだろう」

誤魔化す気だ。誤魔化せるのか。慶太を見ると慶太は大丈夫だというように微笑み頷いてみせた。

「さっぱりわからんなー」

遠藤が援護射撃とばかりにここで口を挟みつつ、有村へと近づいていく。

「わからないなら調べればいい。この秋山慶太という男は……っ」

有村が慶太の裏の仕事をまくし立てようとしていることは明白だった。彼を黙らせることはできないか。確かに証拠はないが警察に目をつけられるのは今後のことを考えても避けた方がいい。

何かいい手が――と、俺がない知恵を絞ろうとしている間に、なぜかその役割を遠藤が果たしてくれていた。

「今はお前が犯した殺人の罪について追及しとるんや。もう、五人目になるなァ。一人一人、覚えとるか？」

「ご、五人……っ」

そんなに、と驚いてみせた俺の前では有村が微《かす》かに顔色を変えた。が、すぐさま反論にかかる。

「言いがかりはやめてくれ。人を無理矢理犯罪者にするつもりか？」

「言いがかりやない。一人目は一年前やったか。あんたに騙され、全財産失って自殺されたとされとる鈴原壮一《すずはらそういち》。遺書があったさかい自殺、いうことになったけど、あれは自殺やない。あんたに殺されたんや」

「……っ」

遠藤の発言に対し、有村が息を呑んだのがわかった。

「それから三年前の松田裕《まつだひろし》と斉藤正樹《さいとうまさき》。前者は自殺、後者は未《いま》だ行方《ゆくえ》不明やけど二人の命を奪ったんもお前やな。五年前の須藤行也《すどういくや》の自殺も。そして——」

ここで遠藤はなぜか一瞬口を閉ざし、ふう、と小さく息を吐き出してから再び口を開いた。

「七年前の藤堂龍介《とうどうりゅうすけ》。これで五名や。心当たり、ありまくりやろ?」

遠藤の口調は酷くさばさばとしていた。厳しい感じは微塵《みじん》もないというのに、対する有村はなぜか打ちのめされたような表情を浮かべていた。

「……あるわけが………」

ない、と続けたいのだろうが、有村の唇からはもう、言葉が漏れることはなかった。

「いよいよ観念したか」

はは、と遠藤が笑い、腰ポケットへと手を入れる。

「…………あ………」

彼が取り出したのは手錠だった。手錠を掲げたまま遠藤はカツカツと足音を響かせる勢いで有村へと進み、彼の手を摑むと、ガチャ、と手錠をはめた。

有村は俯いたままじっとしていた。どこか呆然とした様子に見えるのは気のせいだろうか。

そう思いながら彼の姿を目で追っていると、遠藤に促され、部屋を出ようとしていた有村がぼそりと一言、呟いた。

「……そんなに昔から目をつけられていたとはね……」

「まあな」

遠藤が微笑み、軽く有村の背を叩いて歩かせようとする。

「ああ、せや。もしかしたらあんた、小野田弁護士をあてにしとるかもしれんけど、いくらあんたにメロメロやいうても、あんたがほんまに人、殺してるいうことを知ったらどこまで味方してくれはるか、わからへんで。何せ今回の件だけやないからな」

「証拠はない……だろ」

有村が呟く。彼が既に戦意を喪失していることはほぼ生気がないといっていいその顔からよくわかった。

「見つけてみせるわ。必ず」

遠藤が力強くそう言い、一人頷いてみせる。

いや、『一人』ではなかった。遠藤の視線の先には慶太がおり、彼もまた遠藤に向かい、深く頷き返していたのだった。

「…………」

遠藤と慶太は、この事件絡みで初めて会ったはずである。なのになぜか二人の間に旧知の仲ともいうべき強い絆《きずな》を感じた。

この二人には、二人にのみ通じる何かがある。一体それはなんなのか。慶太と遠藤の視線は一瞬で、二人はすぐさまそれぞれ視線を外すと、慶太は俺のところに、遠藤は有村を連れ事務所を出ていった。

遠藤と有村のあとに刑事たちがぞろぞろと続く。やがて事務所には俺と慶太、二人きりとなった。

「……慶太……」

呼びかけると慶太ははっと我に返った顔になり、すぐその顔に笑みを浮かべ答えてくれた。

「どうした、ミオ？」

「……どうして、有村は大人しく逮捕されたのかな」

「……ああ……」

慶太は頷いたが、なかなか言葉を発しなかった。だがそれは言うことを逡巡しているというよりは、どう言おうかと迷っている、といった雰囲気だったため、俺は大人しく慶太が再び口を開くのを待った。

「……まあ、俺は有村じゃないから、実際どうだかはわからないけどな」

慶太がようやく喋り始める。俺は何も聞き漏らすまいと彼を凝視し話の続きを待った。

「おそらく、有村は観念したんだと思う。自分が実際手を下してきた相手を羅列されてな」

「……そのこと、気になってたんだ。遠藤刑事の執念だよね。友達が有村のせいで命を奪われて……それでずっと追い続けてきたんだよね。その執念が有村をねじ伏せた……って、そういうこと？」

「ああ。物凄い執念だ。正直、感動した。一人として不正解はいなかったんだろう。アイもそれで諦《あきら》めたに違いない。七年にわたる自分の罪を一つのこらず指摘されたんだからな」

「有村は自分で手を下していたんだね。それはちょっと意外だった。てっきり、心酔している人間にやらせるものだと思ってた」

「そもそもアイは他人を信用しない男だ。自殺に追い込めない相手の息の根を止めるのには他人の手を借りることはしなかった。だからこそそれを全部指摘され、もう逃げられないと思ったんだろう」

慶太がしみじみと、胸に抱く想いを嚙みしめるような口調で話す言葉を、俺もまた感慨深い思いと共に聞き入っていた。

あ、もしかして。一つ思いつき、それを確認してみることにする。

「遠藤刑事の友人って、七年前に亡くなった人……なんだよね？」

七年前以前について言及しなかったのはそのためじゃないかと推察し問いかけた俺を慶太は少し見つめたあと、ひとこと、

「……さあね」

と微笑み、わからない、というように首を横に振ってみせた。

「慶太」

わかっているくせに。理由はわからないがそれだけは確信できる。なぜ隠そうとするのだ、と睨むと慶太は思いの外素直に、

「悪かった」

と詫び、なかなかに俺を驚かせた。

「さあ、行こうか」

不意に慶太がそう宣言し、俺に手を差し伸べてくる。

「え？　どこへ？」

誤魔化そうとしているのか。眉を顰めると慶太はニッと笑い、行き先を告げた。

「ミトモの店だ。今回も随分と世話になったからな」

「たしかに」

頷いたあと、俺は、もしかして、と気づいて慶太に問いかけた。

「結構費用、かかったよね。監視カメラまで用意してもらったし」

「……あー、そうだな」

慶太が溜め息交じりに頷き、まいったな、というように頭をかく。

「今月もまた、赤字になっちまうなぁ」

「……言っちゃなんだけど、いつものことだから」

敢えて冷たく言い放った俺に対し、慶太もまた敢えて作ったと思《おぼ》しき『参ったな』という顔をしてみせる。

「そう言うなよ、ミオ」

「慶太はさあ、経済観念ないよね。気に入った依頼人だとお金とらないこともあるし」

「気に入る入らないじゃないさ。仕事に対する満足度によるっつーか……」

「満足させてないっていう自覚があるってこと?」

「ミオは厳しいねえ」

「経理担当だからね」

軽口を叩き合う。それが慶太が今、望んでいることだとわかるから。だからこそ敢えて悪態をつくそんな俺の心理はきっと、慶太に気づかれているんだろう。

それでも俺たちは互いの気遣いにお互い気づかないふりを貫くことを各々決めた上で、

「その割にザル勘定なんだよなー」

「まさにザルの慶太には言われたくないなー」

「俺の『ザル』は酒だろうがよ」

「その酒の出費がどれだけあるか、わかってる?」

といった具合に、事務所を出るまでの間、いや、出たあともずっと、軽口の応酬を続けたのだった。

9

「ほんとにさー、あんたたちくらいウチの店の開店時間を無視してくれる連中はいないわよ」

新宿二丁目の『three friends』のドアを開けた途端ミトモに嫌み全開で迎えられ、いつものように俺は思わず悪態をついてしまった。

「睡眠時間足りないと、てきめん、お肌に出るお年頃だもんね」

「何よあんた、若いと思って。誰の上にも平等に年齢は積み重なっていくのよ。あんたは馬鹿だからそのときが来てみないとわからないだろうけど」

「俺、馬鹿じゃないし」

「あーら失礼。それじゃ間抜けね」

「なにをぉ？」

「まあまあ」

こうして慶太が止めるまでが『お約束』となっているのだが、今日もまたきっちりここまでこなしたあと俺と慶太はカウンターに座り、ミトモの酌でウイスキーを飲み始めた。

「そう、アイ、逮捕されたの」

情報通のミトモであっても、つい先ほどの逮捕劇までは耳に届いていなかったようで、慶太の説明に驚いたように目を見開いた。

「やったわね、慶太。逮捕されるなんて危険な橋を渡っただけのことはあったたってことね」

おめでとう、とミトモがグラスを掲げる。

「逮捕は俺の不注意が原因だ。ミトモにも、それにミオにも心配をかけた。申し訳なかった」

「何言ってるの。あたしは慶太のこと信じてたから、なんも心配してなかったわ。そっちのガキはやたらと心配してぎゃーぎゃー騒いでたけどね」

ミトモがどこまでも意地の悪いことを言い、ふふん、と笑ってみせる。

「うるさいなー。俺だって慶太のこと、信じてたもん。それでも心配しないではいられないくらいに愛が深いってことだからっ」

言い返すとミトモは「どうかしらねー」とますます意地悪な顔になったが、更に俺が言い返そうとした気配を察したらしく、するりと話題を変えた。

「冗談はともかく、アイがよく大人しく逮捕されたものだと驚いているわ。起訴前にまた弁護士がしゃしゃり出てくるんじゃないの？」

「まあ、ないんじゃないかな。遠藤刑事が頑張っているかぎりは」

慶太の言葉にミトモが反応する。

「随分と信頼が厚いようだけど、大丈夫なの？」

心配そうに眉を顰め、問いかけてくるミトモに慶太が笑って首を横に振る。

「何を心配してるんだ？　俺のこと、信じてるんだろう？」

「慶太」

そういう思わせぶりな態度が、ミトモを図に乗らせるんだけど。思わずクレームを言いかけた俺の前でミトモが、

「そりゃ信じてるわよう」

と目をハートにし、カウンター越しに慶太に抱きついた。

「もう、可愛いひと」

「可愛くないもん。慶太はかっこいいんだもん」

離れろ、と無理矢理俺がミトモを慶太から引き剝《は》がそうとしたそのとき、カランカランとカウベルの音が店内に響き渡り、俺たち三人の注意をさらった。

「ごめんなさい、まだ開店時間じゃないのよ」

ドアを開けた人間が店内に足を踏み入れるより前に、とミトモが高い声を上げる。いかにもな営業声で愛想がないわけじゃないが、回れ右せずにはいられない。そんな雰囲気を湛えたミトモの声音に、さすが二丁目のヌシは違うと感心しつつ視線を前へと戻そうとした俺の耳に、意外な男の声が響く。

「かんにん、俺も仲間に入れてんか？」

「えっ？」

どうして彼が、と驚いて振り返った先には、今、有村の取り調べ真っ最中のはずの遠藤刑事の姿があった。

「……おい？」

慶太もまた訝《いぶか》しげに眉を寄せ、遠藤に声をかける。遠藤は慶太と俺と、そしてミトモを見渡すと、

「お邪魔しますわ」

と声をかけ、慶太の隣、カウンター席に腰を下ろした。

「取り調べは？」

してたんじゃないの？　と気になって問いかけると遠藤が「はは」と苦笑する。

「課長がしとるわ」

「遠藤さんが逮捕したのに？」

有村は余罪が凄いことになっている。手柄を横取りされたのか、と憤りを覚え問いかけた俺に対し、遠藤は「いや」と苦笑したまま首を横に振った。

「今回、好き勝手やらしてもろた、その条件や。無事逮捕できたら二週間の謹慎処分を受ける。逮捕できへんかったら辞表書く、いうな」

「辞表！」

そんな覚悟で臨んでいたというのか、と驚いたのは俺ばかりで、慶太もミトモも実に淡々

としていた。

「で、めでたく謹慎になったたってわけ」

何を飲む？　とミトモが遠藤に問いかけ、慶太は慶太で、

「懐深い上司がいて助かったたな」

と遠藤に微笑みかけている。

「まあ、せやね」

遠藤は笑って頷き、「同じモンを」とミトモに注文した。

「これ、慶太のボトルよ。あんたも同じボトル、入れるってことでいいのね？」

ミトモがじろ、と遠藤を睨む。

「ああ、ええよ」

遠藤は頷いたが慶太がミトモを制した。

「いいじゃないか、祝杯上げにきたんだから。今日は俺が奢《おご》ってやるってことで」

「ええんかいな」

途端に嬉しげな顔になった遠藤を見て、ミトモがチッと舌打ちする。

「慶太、こいつ甘やかすと、とことん、図に乗るタイプだと思うわよ」

「誤解やて。そもそも酒、弱いねん」

頭をかく遠藤にミトモは、

「ほんとに腹立つ関西弁ねー」

とぶつくさ言いつつも、薄い水割りを作ろうとした。

「あ、ロックでええわ」

そこにすかさず遠藤が口を挟む。

「弱くないじゃないの」

「弱くないじゃん！」

つい、ミトモと突っ込みの声がかぶってしまった。

「仲いいな、君ら」

遠藤にそう返され、またも突っ込みの声がかぶる。

「やめてよね」

「仲良くないから」

「ごっつ、気ィ、合《お》うとるやないか」

あはは、と遠藤が高く笑いながらミトモの手からグラスを奪い、俺たちに向かって掲げてみせた。

「ほな、乾杯しよか。アイの逮捕を祝って」

「あと、あんたの嘘くさい関西弁が消えることを祈って」

「遠藤刑事が慶太のためにボトルを入れてくれることを祈って」

ミトモに続き、俺も遠藤に対する希望を口にする。

「慶太も何か祈れば」

そう言うと慶太は「祈るんじゃなくて『祝う』んだよ」と俺の頭を軽く叩いたあと、視線を遠藤へと戻し、チン、とグラスをぶつけた。

「アイの逮捕、おめでとう」

「おおきに。そしておめでとう」

遠藤もまた、チンとグラスをぶつけ返す。

「…………」

慶太は何かを言いたそうな顔をした。何を、と凝視していた俺をちらと見やったあと、遠藤が口を開く。

「別におうとるとか、おうてへんとか、答えてくれんでもええんやけど」

「…………」

慶太がまた何かを言いかけたものの、結局は何も言わずにグラスに口をつける。遠藤もまたウイスキーで唇を湿らせると、再び口を開いた。

「もしかして秋山さんが言うとった、有村のせいで命を落とした親友いうんは、藤堂龍介やないか？」

「……あ……」

その名は確か、七年前に亡くなった男のものだ。おそらく遠藤の親友だと思われる。もしや遠藤の親友と慶太の親友は同一人物だったのか？

驚いたせいで声を漏らしてしまった俺を、慶太はちらと見た。が唇の端を上げて微笑んだだけで俺にも、そして遠藤にも彼は口を開かなかった。

遠藤は暫《しばら》くの間、慶太の答えを待っていたようだが、自分で『答えなくていい』と言っていただけに再度問うことなく、やがて喋り始めた。

「藤堂龍介——龍介は俺の同僚で、かつ親友やった。警察学校んときからえらい気が合うてな。奴は関西出身、俺は東京から一歩も外出たことない東京モンと接点はまるでなかったけど、ものの考え方とか感じ方とかが全《まった》く同じでなあ。あっという間にツーカーの仲になったんや」

遠藤が懐かしそうな目を向けつつ、グラスに口をつける。既に酒がないことに気づいた彼がミトモにグラスを差し出すと、ミトモは話の腰を折るまいと思ってか何も嫌みを言うことなく氷を入れウイスキーを注《つ》ぎ足した。

「おおきに」

遠藤がミトモに礼を言い、グラスを口へと運ぶ。カラン、と氷の崩れる音が店内に響いたあと、遠藤はまた口を開いた。

「配属先は俺が立川、あいつは新宿やった。配属先がばらけてからも、よう会って近況報告をしてたんやけど、あるとき……」

ここで遠藤はなぜか言葉を途切れさせたが、すぐになんでもない、というように誰にともなく首を横に振ってみせると話を続けた。

「……あるとき、カミングアウトされたんや。自分はゲイやて。今、付き合うとる男がおるて。それが……」

「……有村愛輝……だった？」

またも言いよどんだ遠藤に続きを促すべく、問いかける。

「せや」

遠藤は俺に頷くと、小さく溜め息を漏らしてから、やにわに話し出した。

「龍介と有村は有村が巻き込まれとった事件を介して出会った。有村がいつものように男を引っかけ、搾れるだけ搾り取った挙げ句に捨てたんやけど、そないなことは隠して、ストーカー被害に遭《お》うとる、いうて救いを求められ、そこから付き合いが始まった、いうことやったらしい」

「二人の出会いはもっと前だったんだろう。アイは刑事だと知った上で龍介に近づいた」

不意に慶太が喋り出す。慶太がアイを憎むきっかけとなった、親友の死。その『親友』は藤堂龍介だった。そういうことなのだろうと察した俺の耳に、遠藤の掠れた声が響く。

「…………やっぱり……」

「お前の嘘くさい関西弁、龍介の真似だろ？」

どこか呆然とした顔になっていた遠藤を慶太は見つめながら口を開いた。

「龍介とは高校まで仲良くしていた。まあ、幼馴染《おさななじ》みだな。大学でお互い道が別れて、その後、あいつが刑事になってからは殆《ほとん》ど会わなくなった。仲違《なかたが》いをしたというわけじゃなく、まあちょっとした事情があって、敢えて会わなかったんだが……」

慶太がぽつりぽつりと言葉を続けていく。遠藤は、そして俺もまたそんな彼の横顔を食い入るように見つめていた。

慶太の頬に笑みは浮かんでいたが表情はどこか苦しげだった。喋ることが苦痛ならやめていいんだよと言いたかったが、喋ることで少し楽になる部分もあるかもしれないと思い直し口を挟むのをやめた。

いや――正直に言えば、知りたかった。慶太がなぜ親友と疎遠になったのか。語ることで慶太が苦痛を覚えるかもしれないとわかっていながら、それでも彼のことを知りたいという欲求を抑えかねてしまっていた。

慶太がグラスを呷《あお》り、カタンとカウンターに置く。すかさずミトモがそのグラスを手にとり、氷を入れウイスキーを注いで再び慶太の前に置いた。

「サンキュ、ミトモ」

ようやく慶太が声を発する。笑顔で応えるミトモに慶太もまた笑顔を返すと、再び口を開いた。

「七年前、久々に龍介から『会いたい』と連絡があった。それで五年ぶりだったかな、本当に久々に彼と会ったんだが、憔悴《しょうすい》ぶりに驚いた。だが何があったんだと問い詰めても何も言わない。随分と長時間酒を飲んだが、龍介は何も語らなかった。別れ際にようやく『刑事を辞めるつもりだ』と告げたので、なぜだと理由を追及したが、やはり明かしてはくれなかった。思い詰めるな、なんでも力になる。言葉を尽くしたが一つも龍介の胸には届かなかった……ようだった」

慶太がここで一口、ウイスキーを飲む。俺も、そして遠藤もミトモも一言も喋らず、慶太がグラスから口を離し、喋り出すその口元を見つめていた。

「それから一週間して、龍介がストーカー犯を射殺し、懲戒免職となったニュースを見た。驚いて連絡を取ろうとしたが、直後に奴のお袋さんから、龍介が自殺をしたという知らせがもたらされた。警察を辞めさせられたことを悔やんでの自死だという遺書もあったが、どうしても俺は信じることができなかった」

慶太がグラスを握り締める手には力がこもり、手の甲が白くなっていた。グラスを割りかねないと思ったのか、ミトモがすっと手を伸ばし、慶太からグラスを取り上げる。

「ああ、すまん」

慶太はミトモに対し、少し照れたように笑うと、また、痛みを堪えたような表情のまま話を続けた。

「龍介が自殺ではないというのには根拠があった。最後に会ったとき、俺は奴に聞いたんだ。死ぬつもりじゃないかと。龍介はきっぱりと否定した。『そんな楽な道を選ぶわけにはいかない』と。死ぬほうが断然、奴にとっては楽だったんだろう。だが俺にそう言ったからには奴は絶対、自ら命を絶つようなことはしない。それは絶対だ。断言できる。なぜなら藤堂龍介というのはそういう男だからだ」

慶太の口調はいつしか熱いものになっていた。今、彼の目が見据える先にはおそらく、幻の友人の顔があるのだろう。

正直、藤堂龍介という亡くなった慶太の友人が羨《うらや》ましかった。慶太に盲目的な信頼を寄せられている彼。客観的に考えれば、慶太と会ったときの様子や遺書が用意されていたという状況から、自殺という結論が導き出されるんじゃないかと思う。

実際、警察も当時、自殺と判断したんじゃないのか。そう思い慶太越しに遠藤を見ると、彼は俺の視線になどまるで気づかず、ただただ放心した表情を浮かべ、スツールに座り込んでいた。

「？」

なぜそんな顔をしているんだろう。気になり問いかけようとしたそのとき、慶太がまた喋り始めた。

「それで俺は、龍介の死について調べ始めたんだ。アイにはすぐに辿《たど》り着いた。あいつは俺が龍介の友人だと知ると臆面《おくめん》もなく、龍介が死んだのは自分のせいだと泣きやがった。ストーカー被害に遭い、そのストーカーに無理心中させられそうになっていた自分を守ろうとして射殺した。それで警察を辞めることになり、将来に絶望して自殺をしたのだと……あり得ない。まずあいつがそう簡単に銃を抜き人の命を奪うわけがない。万が一、銃で人を殺したというのが事実であったとしても、それこそ奴は自殺などせず、一生かけて己の罪を償《つぐな》う道を選ぶだろう。龍介は殺された。アイに会って俺はそう確信した。だが証拠はない。それ以降、俺はアイを追い続けた。俺が疑っていることを察するとアイは俺の前から姿を消した。その後も俺はアイの動向を探り続けた……が、あいつがなしてきた数々の悪行を白日の下にさらすまでには至らなかった。そのうちにアイは東京を離れ、居所が知れなくなったと思っていたんだが……」

「奴のほうからお前にコンタクトを取ってきた……んやな?」

今まで黙り込んでいた遠藤がようやくここで口を開いた。

「ああ、そうだ」

慶太は頷き微笑むと、少し落ち着いた様子で話し出した。

「あいつもこの七年の間に、相当追い詰められてきたようだ。今回はにっちもさっちもいかなくなって、それで俺のことを思い出したらしい。龍介が自殺ではなく何者かに殺されたという、その証拠と引き替えに依頼を受けてほしいと頼んできた。最初から俺を犯人にし危機を逃れるつもりであることはわかっていたが、もしもその『証拠』が実在するのなら手に入れたかったという思いもあった。なんのことはない、俺もアイに騙されていたってわけだ。七年も前の証拠を奴が持っているわけがないし、第一龍介を殺したのはアイ本人だろう。とっくの昔に処分しているとわかっていながら、奴の策略に乗っちまった」

馬鹿げた話だ、と自嘲《じちょう》する慶太にまた、遠藤が声をかける。

「気持ちはわかりますわ。一パーセントにも満たない可能性であっても、かけてみたい、思うたんですよね」

「俺もさ、遠藤さん。あんたの気持ちがわかったぜ」

慶太が遠藤に笑いかける。

「え？」

戸惑った顔になった遠藤だったが、続く慶太の言葉を聞き、彼の顔にも笑みが浮かんだ。

「その嘘くさい関西弁、やっぱり龍介の真似《まね》なんだろ？　あいつ、きっつい関西弁だったもんな。小学校のときに東京に転校してきたくせに生まれは大阪やと、絶対標準語に直そうとしなかった」

「はは、バレてもうたら仕方ない」

遠藤が苦笑し、頭をかく。

「自分としたら随分、近づけているつもりなんですけど、なんせ東京生まれ東京育ちやさかい、どうしても嘘くさくなってしまうんですわ」

「本当に嘘くさいな」

慶太は楽しげに笑ったあと、不意にしみじみとした表情となり遠藤にこう問いかけた。

「その喋り方になったのは、七年前から……なんだな」

優しい声音。ああ、そういうことか、と察した俺の胸が熱くなる。当事者じゃない俺が感激するくらいだから、遠藤はぐっときたらしく、みるみるうちに彼の瞳が潤《うる》んでいくのに気づいた俺は、武士の情け、と彼から顔を背けた。

「……せや。七年前、まわりはえらい驚いてたわ。いきなり俺が関西弁を使い始めたさかい」

潤んだ瞳を伏せ、遠藤が自嘲気味に笑って返す。

「七年経っても嘘くさいって、ある意味才能だよな」

「おかしいなあ。そっくりに真似しとるつもりなんやけど」

おちゃらける遠藤の声が震えている。と、ここで慶太がすっと手を伸ばし、俯く彼の髪を撫でつつ口を開いた。

「怒るで、真理。どこが『そっくり』やねん」

「……っ」

その瞬間、遠藤がはっとしたように顔を上げ、慶太を見やった。

「ん？」

慶太が微笑み、またも彼の髪を撫でる。

「…………上手いなあ…………」

呟く遠藤の目尻を一筋の涙が伝い落ちた。

「……そっくりや、龍介に」

確かに今、慶太の声音はいつもの彼のものとは違った。そうか。慶太の幼馴染みは、そして遠藤の心の友はそういう喋り方、そういう声の持ち主だったのか、と悟った俺の目にもなぜか、涙が溢れてきてしまった。

気づかれたくないのでトイレに立つフリをし、退場と決め込む。背後で慶太がそんな遠藤にかける声が響いた。

「しかしなんで関西人は頑《かたく》なに関西弁を使うのかね。龍介が転校してきたのは小学校五年のときだぜ？　東京のほうが長いだろ」

「小学校五年は初耳やわ。ほんま、あの心理はわからんなあ」

「アイデンティティ？」

「単にお笑い好き、いう気がせんでもないけど」

「ああ、あいつ、漫才も新喜劇も好きだったもんな」

談笑する二人はまるで、旧知の仲のようだった。

俺の知らない『藤堂龍介』という男を挟み、親密さを増している。友達の友達はみな友達、なんて、大昔のテレビの流行《はや》り言葉を思い出し、ちょっと軽すぎるかと反省した。

親友となんの躊躇いもなく言えるような友を俺は持たない。

なので慶太の、そして遠藤の心情を一〇〇パーセント理解しているとは言いがたい。

親友というポジションは『恋人』と比べ、どちらが優先されるのだろう。比べられない、という答えが返ってきそうだが、下手したら『恋人』より守りたいポジションなんじゃないかと思わないでもない。

恋はいつか冷める――かもしれない。でも友情はいつまでも色褪《いろあ》せない。それは七年もの長い間、少しも馴染まない関西弁を使い続けている遠藤刑事が体現している。

そして慶太も。罠にかけられることがわかっていても、親友の命を奪った男に罰を与えずにはいられないその気持ち。そのためには逮捕も辞さなかった。

妬《や》けない、といったら嘘になる。だが今、俺の胸にあったのは、長い年月を経ることにはなったけれども、慶太が、そして遠藤が親友の死の真実を明らかにし、その命を奪った人間を逮捕できたことへの賞賛であり、喜びだった。

よかったな。心の中で呟き、トイレのドアを開け中にこもる。

トイレになど少しもいきたくなかったので、ドアを背に便器を見つめているうちに、堪えきれない涙が頬を伝い流れ落ちた。

便器を見ながら泣くなんて、全然絵にならない。自嘲しようとするも、涙はあとからあとから込み上げてきた。

慶太は三十三歳。俺は二十一歳。しかも俺たちが会ってからまだ一年も経《た》ってない。俺の知らない慶太がいるのはごくごく当たり前のことなのに、わかって尚、切なさを覚えることを抑えることができない。

これぞ恋。そういうことなんだろう。こんな気持ちになったことは今までの人生でなかった。『親友』も得たことがないが、俺にとって真実の『恋』も慶太が初めてだった。嫉妬の感情は今までも持ったことがあったが、たいていは怒りにまかせてのもので、こうもやるせない気持ちを抱いたことはなかった。

泣ける。でもこの感情を慶太にぶつけることはできない。だって慶太は何も悪くないんだから。それでも涙が止まらない。自分を持て余しながらもトイレの中で涙を堪えていた俺の背に、ノックの音が響いた。

「ちょっと、大丈夫？　吐いてない？」

ミトモだ。俺を心配しているというより、店のトイレを汚されることを恐れているとしか思えない声がけに、思わず俺は噴き出してしまった。

「大丈夫。ちょっと頭、冷やしたくてさ」

ドア越しに声をかけるとミトモは「ならいいけど」と応えてくれたものの、彼がその場を去る気配はなかった。

「本当に大丈夫だよ」

一応そう声をかけると、五秒くらいの沈黙のあと、ミトモの、

「入れてくんない？」

という声が響いてきた。

拒絶もできた。が、何故《なぜ》かそのときの俺は、ミトモに対して酷く素直になっていた。

「吐いてなんかないよ」

そう言い、鍵を開けて彼をトイレの中に導く。

「…………」

ミトモはそんな俺を一瞥《いちべつ》し、狭い個室内に入ってきた。すぐにも立ち去るだろうと思っていたのに、ミトモはドアを背にじっと俺を見つめるとひとこと、

「妬けるのね」

と呟き、いかにも同情しているといった目で俺を見た。

「妬ける……というか、よくわかんないんだけど」

普段なら『うるさい』と言い返していただろうに、ミトモ相手に俺は頬に残る涙の痕《あと》を手の甲で拭《ぬぐ》いながら、思わず本心をぽろりと漏らしてしまっていた。

「俺も慶太と同い年だったらよかったなあ」

「馬鹿ねえ」

ミトモが噴き出し、ぽん、と俺の頭に掌《てのひら》を乗せる。

「その年になってから同じこと言ってみなさいよ。失ってみてはじめてありがたみがわかるのよ。愛も若さも」

「………」

多分——ミトモは俺を、元気づけようとしてくれていたんじゃないかと思う。

「だいたい、あんたから若さとったら一体何が残んのよ。頭は空っぽだし性格も甘ちゃんだしさ」

だからこそ、優しい言葉ではなくこうしていつものように喧嘩《けんか》を売ってきてくれてるんだろう。本当に年の功だ。ますます泣きそうになりながらも俺は、悪態をつき返すことで彼の優しさに報いようとした。

「………うっさい……」

やたらと声が掠れる。

「生意気ね」

ミトモもまた悪態をつきながらも、ぽんぽんと俺の頭を叩いてくれる。いつもであれば憎らしくてたまらないミトモの手をこうも優しく感じることに驚きと戸惑いを覚えながらも俺はミトモと悪態をつき合い、涙がおさまるのを待ったのだった。

トイレから戻ると慶太と遠藤、二人同時に、

「大丈夫か？」

「どないしたん？」

と心配そうに迎えられ、嘘をつくのは悪いと思いつつも俺は、

「ちょっと気分が悪くなったけどもう直った」

だから心配はいらない、と二人に笑顔を向けた。

「帰るか」

それでも慶太は心配してくれ、そう申し出てくれたのだが、せっかくの遠藤との酒席を邪魔したくないと、俺は、

「全然大丈夫」

と敢えて胸を張った。

「それより、すごい偶然だよね。びっくりしちゃった」

話題を戻そうと声をかけたが、二人は顔を見合わせ、苦笑しただけで、まず慶太が、

「帰ろう」

と俺に微笑み、遠藤が、

「お大事にな」

と握手、とばかりに右手を差し出してきて、飲み会はお開きになってしまった。

「……なんかごめん」

頭を下げた俺の耳に、ミトモの声が響く。

「今日はアタシのオゴリにしとくわ。そのかわり、次はボトル入れてよね」

「…………」

『次』――それはどちらに言われた言葉なのかと顔を上げ、慶太と遠藤を見る。

「しまった、ボトル今日のうちに入れときゃよかったな」

頭をかく慶太の横では遠藤が、

「わかってますがな」

と微笑んでいる。ということは遠藤もまた、今後もこの店に来るつもりなんだな、と安堵した。

『次』はまたあるってことだ。そのときには今日みたいにくだらない嫉妬心のせいで早々にお開きに、なんてことにはしないぞと密《ひそ》かに拳を握った俺はミトモが再び口を開いて告げた言葉に、思わず声を漏らしそうになった。

「来てくれるのはありがたいけどさ、いいの？　現役刑事がゲイバーなんかに出入りしてさ」

「…………」

そうだ。遠藤は刑事だ。頻繁に顔を合わせるようになったら、慶太の裏の仕事に気づかれる確率が高くなる。

いや、既にもう、気づかれているんじゃないだろうか。有村も慶太の裏稼業について遠藤に訴えていたし。

何より今回の『作戦』は限りなく裏の仕事に近いものだ。遠藤と接点ができたらできたで、慶太の裏稼業がやりづらくなるのでは。

やりづらいどころか逮捕されちゃったりして。それはマズい、と俺もまたミトモの尻馬に乗ることにした。

「職場にゲイバレしたらヤバいよね」

言ってから、別に遠藤はゲイってわけじゃないか、と気づき、言い直そうとした。が、それより前にその遠藤が口を開いた。

「別にかまへんよ。もう、バレとるし」

「え？」

「さ、帰るぞ」

それはつまり、と確認を取ろうとした俺の肩を不意に慶太が抱いてくる。

「あ、うん。でも……」

まだ話が途中なんだけど、とドアに向かって歩き出す慶太と共に歩きながら俺は、遠藤を振り返ってしまっていた。

「またな」

目が合った彼が俺と慶太に笑顔で声をかけてくる。

「あ、うん。また」

応えたのは俺だけで、慶太はそのまま俺を連れ店を出てしまった。

「どうしたの？」

足早に先を急ぐ慶太に問いかける。慶太は一瞬俺を見たが、すぐさま視線を前に戻し、それからは殆ど口を利かない感じで俺たちは自宅兼事務所に到着した。

「ねえ、どうしたの？」

そのまま寝室へと向かおうとする慶太に問いかける。

「ミオ」

ここでようやく慶太が俺を真っ直ぐに見据え、名を呼んでくれた。

「なに？」

「お前、遠藤がゲイって知ってたのか？」

問いかけると慶太が真面目な顔でそんなことを聞いてくる。

「知らなかったけど？　てかほんとにゲイなの？」

問いかけると慶太は一瞬唖然とした表情になったあとに、はあ、とびっくりするくらい大きな溜め息をつき、俺を驚かせた。

「なに、その溜め息」

「……溜め息もつきたくなるってもんだよ。お前、本当に気づいてなかったのか？」

慶太が呆れた様子でそう問うてくる。

呆れているだけではなく、怒りも覚えているようだ。なんで怒られなきゃいけないのかがイマイチわからないながらも俺は、まさか本当に遠藤はゲイなのか、と確認しようと慶太に問い返した。

「マジでゲイなんだ？　あ、ってことはええと……ああ、藤堂龍介さんも同僚じゃなくて恋人だったのかな？」

「……いや、そこは『友情』だったんじゃないかと思う」

慶太はそう告げると、再びじろ、と俺を睨んだ。

「なに？」

睨まれるようなことを言った覚えはないのだが。首を傾げつつ問いかけると慶太は思いもかけないことを言い出し、俺に驚きの声を上げさせたのだった。

「ミオ、ずっと奴にコナかけられてたの、まさか本当に気づいていないわけじゃないよな？」

「ええっ？　俺に？　ないよ、ないない‼」

あり得ない、と仰天するあまりちぎれそうな勢いで首を横に振っていた俺の前で、慶太は、やれやれ、というようにまた大仰な溜め息をついてみせた。

「なんだよ」

呆れて呆れて仕方がない。そう言いたげな溜め息に不満から口を尖らせる。

「ミオ、お前、自覚が足りないんだよ」

慶太もまた口を尖らせたかと思うと、その唇を俺の唇に、チュ、と押しつけた。

「自覚あるもん。でも、遠藤刑事からはまったくそういう空気、感じなかったもん」

「ぶりっこするな」

尚も唇を尖らせる。その唇をまた、慶太が塞《ふさ》ぐ。

「ミトモみたいなこと、言わないでよ」

「ミトモに何、言われた？」

「『ぶりっこ』って」

「なんだ、そっちか」

言い合いながらも合間に、チュ、チュ、と唇を合わせ続ける。

もしかして——慶太は、妬いてる？

まさか慶太にヤキモチを妬かれる日が来ようとは。信じられない。嬉しすぎるだろ、普通に。でもまだヤキモチと決まったわけじゃないし、と自分を落ち着かせようとするも、顔が笑ってしまうのを抑えることはできなかった。

「何笑ってるんだよ」

慶太がますます不機嫌な表情となり俺を睨みつつもまた、チュ、とキスをする。

「だって。慶太、まるで妬いてるみたいだから」

浮かれたあまりつい、確認してしまった。当然慶太は誤魔化すとか苦笑するとか思ったのに、彼のリアクションは俺の予想とはまるで違った。

「そりゃ嫉妬くらいするさ。それだけミオを愛してるからな」

「…………馬鹿じゃないの……」

思わず悪態が口を衝《つ》いて出たのは、照れと嬉しさからだった。一割くらいは俺の気持ちを疑うのかという憤りもあったけれど。

「恋は男を愚かにするのさ」

慶太が俺の悪態をきっちり受け止めた上で、そんな気障《きざ》な台詞《せりふ》を口にする。

「ばっかじゃないの？」

もう、衝動を抑えきれない。俺はそう告げ、慶太に縋り付いた上で彼の唇を塞いでいった。

「ん……っ」

慶太も俺の背をしっかり抱き締め返してくれ、絡めていった舌を受け入れてくれる。逆に舌をきつく吸い上げられ、びく、と身体が震えてしまった。

ほしい。今すぐ。慶太の逞《たくま》しい雄を体内に感じたい。彼の力強い突き上げがほしくてたまらない。

急速に燃え上がった欲情の焔《ほむら》をおさめる術《すべ》を俺は持っていなかった。たとえ持っていたとしてもその術を使うつもりはなかった。

「……抱いて……っ」

欲望をそのまま言葉にし訴える。慶太は俺に目を細め笑いかけると、わかった、というように頷き、次の瞬間俺を抱き上げ、ベッドに運んだ。

どさ、とベッドに落とされた身体に、慶太が覆い被さってくる。

「ん……っ……ん……っ」

唇を塞がれながら服を脱がされる。俺もまた慶太の服を脱がそうと、彼のシャツのボタンに手を伸ばした。

一瞬だけ目が合った。自分で脱いだ方が効率的だ。その『一瞬』で俺たちは意思の疎通を図ると、無言のまま互いに身体を起こしそれぞれに服を脱ぎ始めた。

すぐさま全裸になり、再びベッドで抱き合う。

「慶太……っ……きて……っ」

胸に顔を埋め、乳首を舐《ねぶ》り始めた慶太の頭を抱き締め、堪えきれず俺はそう訴えながら下肢を彼の肌に当てるべく腰を持ち上げた。

「……ミオ……」

慶太が顔を上げ、俺を真っ直ぐに見つめてくる。

「ほしいんだ。慶太が。すぐにも俺を慶太でいっぱいにしてほしいんだ。だってだって……なんか、嬉しすぎて信じられないっていうか……これが現実って実感したい。すぐにも慶太を全身で感じていたいんだ」

自分でも何を言っているのか、よくわかっていなかった。もしかしたら相当恥ずかしいことを言ったのかな、と気づいたのは慶太が俺を見上げ、少し照れたように笑った顔を見たあとなのだが、恥ずかしかろうが本心なのだから別にかまわないじゃないか、とすぐさま羞《しゅう》恥《ち》と折り合いをつけることができた。

「わかった」

慶太が顔を上げ、頷いたかと思うとすぐさま身体を起こし俺の両脚を抱え上げる。

「やぁ……っ」

露《あら》わにしたそこに慶太が顔を埋め、舌で、指で、中を侵し始める。堪らず声を上げながらも俺は、もう大丈夫だから、とそれを伝えようと高く声を上げた。

「いれて……っ……お願い。もう、もう、我慢できない……っ」

「ミオ……」

下肢のほうから慶太の戸惑った声が聞こえた。がすぐに慶太は俺の望みをかなえるべく行動を起こしてくれた。

「わかったよ。まかせろ。すぐにも何も考えられないようにしてやるよ」

「慶太……っ」

セクシーな声音にぞくぞくする。続いて身体を起こした彼の雄が屹立しきっていることにも欲情を煽《あお》られ、ごくり、と唾を飲み込んでしまった。

「エッチ」

語尾にハートマークをつけそうな勢いで慶太はそう言うと、俺の両脚を抱え上げた。

「慶太こそ……えっち」

まだ始まったばかりじゃないか。そう思い揶揄《やゆ》したが、露わにされた後孔にぴたりと雄を押し当てられたときにはまた、息を呑み挿入を待ち侘《わ》びてしまった。

「エッチなのはお互い様だろ」

慶太が笑いながら俺の両脚を抱え直し、ずぶ、と先端を挿入してくる。

「あぁっ」

待ち侘びた感触に堪らず喘《あえ》ぎ、大きく背を仰《の》け反《ぞ》らせた俺の脚を再度抱え直すと慶太は、ぐっと腰を進めてきた。

奥深いところに彼の雄を感じ、またも大きく背を仰け反らせたあと俺は、両手両脚で彼の背にしがみついた。

絶対に失いたくない。何があろうと。そう、司法の力が働いて引き裂かれようとしても。絶対に俺はこの背を離さない。

そんな俺の決意は口にするより前に慶太には通じていたらしい。

「一生、離さないぜ」

慶太がそう呟いた直後、力強い律動を開始する。

「あっ……あぁ……っ……あっ……あっ……あっ……あっ……あーっ……」

二人の下肢がぶつかり合うときに、パンパンという空気を孕《はら》んだ高い音が室内に響く。その合間に響く己の嬌声《きょうせい》は恥ずかしいものでしかなかったが、俺が声を上げるたびに中に感じる慶太の雄のかさが増していくのを察してはもう、我慢することができなかった。

「もっと……っ……ねえ、もっと……っ」

慶太を感じていたい。奥の奥の奥まで。身体を全部慶太で満たしたい。身体だけじゃなく、気持ちでもしっかり繋がっているという証がほしい。

願いを込め、喘ぐ俺の脚を抱え直すと慶太は、

「わかってるって」

と笑い、律動のスピードを速めてくれた。

「あぁっ……あっあっあっあーっ」

もう何も考えられない。快楽が俺の思考を完全に停止させてしまっていた。ただただ、慶

太を感じていたい。その欲求のままに俺は高く喘ぎ、彼の背にしがみついた。

「俺がどれだけお前を好きか、お前こそわかってないだろ、ミオ」

慶太がそんなことを言ったような気がした。けど、既に俺の意識は朦朧《もうろう》とし、思考は殆ど働いていない。そんな状態だった。

慶太が尚も奥深いところを強く、そして激しく抉ってくる。絶頂を迎えているつもりだったが、更にその上があった。

「や……っ……あっ……あっあっあっ……アーッ」

堪えきれずやかましいほどに喘ぎ、慶太を抱き締めようとする。が、慶太の動きは速く、俺の腕はその背を抱き締めることがかなわなかった。

内臓がせり上がるほどに奥底まで中を抉られるうちに俺の頭の中は真っ白になり、思考力は完全にゼロになっていた。

「あっ……あっ……あっあっあーっ」

イキたい。慶太と一緒に。彼の性欲を受け止める唯一の器になりたい。俺の身体も、そして心も、慶太だけのものだ。その思いを胸に、ただただ慶太の律動に身を任せ、彼の欲するがままの身体でいたいと切望する。

「……ミオ……っ」

掠れた慶太の声が耳許《みみもと》で響く。慶太も俺をこうして欲してくれている。それが嬉しくてたまらなかった。

「好き……っ……慶太……っ……大好き……っ」

愛している。その気持ちのままに叫《さけ》んだ俺の両脚を慶太は抱え上げると、一段と早く、そして激しく俺を突き上げ続けた。

「もう……っ……あぁ……っ……もう……っ」

我慢できない。喘ぎまくる俺に対し、慶太はふっと笑うと腰の律動はそのままに、二人の身体の間で今や爆発しそうになっていた俺の雄を握り、勢いよく扱《しご》き上げてくれた。

「アーッ」

昂まりに昂まりまくっていたところに与えられた強すぎる刺激には耐えられるわけもなく、まるで獣の咆吼《ほうこう》のような高い声を上げて俺は達し、慶太の手の中に白濁した液をこれでもかというほど撒き散らした。

「……く……っ」

射精を受け、俺の後ろが激しく収縮し慶太の雄を締め上げる。それで慶太も達したらしく、セクシーな低い声を漏らす。直後にずしりとした精液の重さを中に感じ、とてつもないほどの幸福感を覚えたあまり、気づいたときには両手両脚で慶太の身体をしっかりと抱き締めてしまっていた。

「ミオ、キスさせてくれ」

肩に顔を埋めていた俺の耳に、苦笑ぎみに笑いながらそう告げた慶太の声が響く。このままじゃキスができないと言いたいのはわかった。俺もキスを交わしたかったが、慶太の背を離すのはなんとなく抵抗があった。

理由は――多分、独占欲。

慶太の過去に俺は嫉妬していた。『親友』だと言っていた龍介との仲を邪推していたわけじゃない。でも、俺の知らない慶太を彼が知っているのが妬《ねた》ましかった。

そして遠藤刑事。『龍介』を介して慶太と心の繋がりを持った、彼にも俺は嫉妬していた。慶太のまさかの嫉妬心は俺と遠藤刑事に対して働いたというが、俺もまた、慶太と彼に嫉妬していた。

二人の間に恋愛感情があると思っているわけでは勿論ない。遠藤と慶太の間にある共有の思いに嫉妬した。

慶太に言えばきっと「そんなことが嫉妬の対象になるのか」と呆れられるに違いないから打ち明けるつもりはないけれど、『そんなこと』にすら嫉妬を覚えずにはいられないほど、彼を愛しているのだ。

慶太の過去も未来も、すべてを手にしたい。不可能だということは勿論わかっているし、何より自分にそんな大それた望みを抱くことが許されるかと考えれば答えは勿論ノーしかないのだけれど、でも、そう願わずにはいられない。

馬鹿げた望みだということも勿論、わかっているけれど、と思いながら慶太の身体を抱き締めていた俺の耳に、再び苦笑交じりの彼の声が届く。

「……なに心配してんのか知らないが、俺の未来はお前のもんだぜ、ミオ」

「慶太……っ」

どうして慶太には俺が考えていることが全部わかってしまうんだろう。どうして彼は俺がほしくてたまらないその一言を、少しの躊躇《ちゅうちょ》もなくあっさり告げてくれるんだろう。

もう、かなわない——最初から対抗する気なんてないけど。慶太に促されるがままに腕を解き、少し身体を離した彼と目と目を見交わす。

「……ミオ、愛してるぜ」

慶太がまたも、俺が欲してやまない言葉を告げ微笑みかけてきた。

「俺も……っ。俺も、愛してるから……っ」

慶太だけがいればいい。過去にはタイムマシンでもないかぎり遡《さかのぼ》れないけれど、慶太は未来を俺にくれると言った。

ミトモにいわせれば、若さくらいしか美点のない欠点だらけの俺に。慶太を誰より愛している、そのことにしか自信を持てない俺に。嬉しすぎる言葉に胸が熱く滾り声が震えてしまった。目には涙が込み上げてきてしまっている。

「泣くなよ。俺がミオの涙にどれだけ弱いか、わかってんだろ?」

慶太は相変わらず照れくさそうだった。が、そんな彼の様子がその発言にリアリティを与えているのも事実だった。

「慶太……好き……っ」

唇から本心が零《こぼ》れ落ちる。それを聞いた慶太はますます照れくさそうに微笑みながらも、

「俺もだよ、ミオ」

と囁き、俺の唇に、頬に、額に、瞼《まぶた》に、こめかみに、数え切れないくらいのキスを落とし、ますます堪らない気持ちにさせてくれたのだった。

その後――。

さすが、といおうか、有村愛輝は新たに超がつくほど有名な弁護士を雇い、裁判に備えているという。

それを教えてくれたのは誰あろう、遠藤刑事だった。

ミトモの店で共に飲んだ夜以降、遠藤はミトモの店に頻繁に出入りをするようにもなったし、そればかりか慶太の事務所にも入り浸るようになってしまったのだ。

「国家公務員がサボるなよ。税金泥棒って言われるよ」

あまりに頻繁に来るのがうざすぎた。彼の来訪の目的は慶太の裏稼業を探ることなんじゃないか。最初のうちはそうとしか思えず、俺は彼を追い返すことにただただ尽力していた。

「ミオちゃん、そないイケズなこと、言わんといてや」

しかし遠藤もめげず、相変わらず嘘くさすぎる関西弁でなんとか俺と慶太の愛の巣に入り込もうとする。

慶太は慶太で俺と遠藤刑事の仲を妬いていた。本人からそう聞いてはいたものの、とても信じがたく、俺に気を遣ってくれているのかと邪推したくらいだったけれど、慶太いわく『本心』らしい。

俺と遠藤。そりゃ、遠慮なくあの嘘くさい関西弁には突っ込みを入れられるけれど、それを『心を許しているから突っ込める』と思う慶太の感覚はちょっとおかしいと思う。

だいたい俺を『ミオ』と呼んでいいのは慶太だけだ。その辺のところはしっかり拒絶しておかなければ、と、俺は何度となく、

「ミオはやめろよな」

と主張するのだが、そのたびに遠藤は、

「ええやん」

と丸め込もうとする。

「ミオってぴったりやで。ご両親には申し訳ないけど、『君雄』よりは『ミオ』のほうがイ

メージにおうとる、思うわ」

「慶太がつけてくれたんだから。ぴったりに決まってるだろ」

「ぴったりなら呼びたくなるやんか」

ぐいぐい押してくる遠藤の心理がどこにあるのか、イマイチ把握できていない。果たして彼は敵なのか味方なのか。その答えを得るには材料が足りなすぎるものの、なんとなく、ではあるが俺は彼が慶太の手に手錠をかけるつもりで近づいているのではないんじゃないかと、そんな直感を抱いていた。

とはいえ当然ながら、彼の目当てが俺にある、なんて馬鹿げたことを考えてもいない。なんというか――警察官と、違法スレスレの行為を担う『仕返し屋』。形は違えど、目的は一緒。そんな働きかけを遠藤がしかけてきてくれているんじゃないかと、そう思えて仕方がないのである。

しかしそれは幾分、俺の希望的観測が入っての解釈だと、認識できていないわけでもない。これから当面、遠藤の意図を読み取るべく、彼の来訪を受け入れる日々は続きそうである。

慶太が妬く必要は一ミリもないものの、もし彼が本当に妬いてくれるのであればそれはそれで俺への愛情の証《あかし》をこの手にできる。

そんなことを考えているのを悟られようものなら慶太に本格的にむっとされそうだが、嬉しいと思う気持ちはやはり抑えることができない。

「せめて『ミオ君』と、『君』くらいつけてんか？」

慶太が顔では一応笑いながらも、こめかみのあたりをひくつかせ遠藤にそう声をかける。

『呼ぶな』と言うのはさすがに独占欲丸出しで、大人げないと思ったのだろう。

やっぱり本気で嫉妬してるのかなと思わせる彼の表情を前にし、嬉しさからますます顔が笑いそうになるのを堪えながら俺は、

「慶太の関西弁も嘘くさすぎるよ」

と突っ込みを入れつつ、何も心配することはないのだという思いを込めて、熱くその顔を見つめたのだった。

あとがき

はじめまして&こんにちは。愁堂れなです。

この度は五十五冊目（Ｇｏ！Ｇｏ！　ですね・笑）のルチル文庫となりました『闇探偵～Careless Whisper～』をお手に取ってくださり、本当にどうもありがとうございます。

『闇探偵』は他社のノベルズにて今まで二冊、刊行していただいているシリーズです。デビュー前にＨＰに掲載していた作品でもあるのですが、こうしてシリーズを再開することができましたのも、いつも応援してくださる皆様、ルチル文庫様、そして陸裕先生のおかげです。本当にどうもありがとうございます！

既刊も文庫化していただけることになっていますので、今暫くお待ちくださいませ。

さて、闇探偵の第三弾、慶太の過去やら、新キャラやらが登場しましたが、いかがでしたでしょうか。とても楽しみながら書きましたので、皆様にも少しでも楽しんでいただけているといいなとお祈りしています。

イラストをご担当くださいました陸裕千景子先生、今回も本当に！　素晴らしいイラストをありがとうございました！

相変わらずフェロモンだだ漏れの慶太に、セクシー&キュートなミオに大興奮でした。新キャラ遠藤も本当に素敵で！　思わず私が彼にスーツを買ってあげたくなりました（笑）。

おまけ漫画も描いていただけて本当に嬉しかったです。お忙しい中、たくさんの幸せをどうもありがとうございました。

また、担当様をはじめ、本書発行に携わってくださいましたすべての皆様に、この場をお借り致しまして心より御礼申し上げます。

最後に何より本書をお手に取ってくださいました皆様に御礼申し上げます。今後は罪シリーズとこの闇探偵シリーズを年に一本ずつ、書いていきたいと思っていますので、よろしかったらどうぞお付き合いくださいね。

お読みになられたご感想をお聞かせいただけると嬉しいです。何卒よろしくお願い申し上げます。

次のルチル文庫様でのお仕事は、二月に文庫を発行していただける予定です。すっごく楽しく書いた作品ですので、こちらもよろしかったらお手に取ってみてくださいね。そのあとには罪シリーズも発行していただける予定です。そちらも頑張りますね。

また皆様にお目にかかれますことを、切にお祈りしています。

平成二十六年十二月吉日

愁堂れな

（公式サイト『シャインズ』http://www.r-shuhdoh.com/）

ミオちゃんは猫タイプに見えて実はワンコタイプやな
けーた
けーた
わふっ
わふっ
ミオ君だろ
どっちでもいーじゃない
いいや猫だな
最中によくツメ立てられるし
あっ
ギギギ…
あっ
あっ
さり気にノロケられた
やーね牽制のつもりかしら
て言うか猫だの犬だのそんな可愛いもんですか！
あいつは慶太にくっついてる**金魚のフン**よっ!!
なになに何の話？
のこのこ
フンの話！
フン…？
……

✦初出　闇探偵～Careless Whisper～……………書き下ろし
コミック………………………………………描き下ろし

愁堂れな先生、陸裕千景子先生へのお便り、本作品に関するご意見、ご感想などは
〒151-0051 東京都渋谷区千駄ヶ谷 4-9-7
幻冬舎コミックス　ルチル文庫「闇探偵～Careless Whisper～」係まで。

幻冬舎ルチル文庫

闇探偵～Careless Whisper～

2015年1月20日　第1刷発行

✦著者　愁堂れな　しゅうどう れな

✦発行人　伊藤嘉彦

✦発行元　株式会社 幻冬舎コミックス
〒151-0051 東京都渋谷区千駄ヶ谷 4-9-7
電話 03(5411)6431［編集］

✦発売元　株式会社 幻冬舎
〒151-0051 東京都渋谷区千駄ヶ谷 4-9-7
電話 03(5411)6222［営業］
振替 00120-8-767643

✦印刷・製本所　中央精版印刷株式会社

✦検印廃止

ISBN978-4-344-83311-1　C0193　Printed in Japan

「幻冬舎ルチル文庫」

大好評発売中

発行●幻冬舎コミックス　発売●幻冬舎